WIGLAF DROSTE
GERHARD HENSCHEL

Der Mullah von Bullerbüh

W0327516

Buch

Kommissarin Gisela Günzel ermittelt in einem schrecklichen Entführungsfall: Hans Küng, ein in Tübingen weltberühmter Theologe, ist gekidnappt worden. Die Spur führt zunächst nach Oberursel, ins Anwesen eines Mannes, der weltweit mit Schlipsen, Slips und Schnullern handelt. Doch der Verdächtige hat sich in den Nahen Osten abgesetzt und sich dort als Dealer für heiße, hauchdünne Stoffe etabliert. Unterdessen tun sich auch woanders große Dinge: Der Industriekapitän Hans-Olaf Henkel wird in Sing Sing eingeliefert; Eugen Drewermann geht auf Tournee, spinnt Intrigen gegen seine Rivalen um Platz 1 auf den Ketzer-Charts und strickt Pullover; der Abschiebeminister a.D. Manfred Kanther wird nach Afrika verklappt; und Günter Grass wird Trainer des SC Freiburg – mit Regine Hildebrandt im Mittelfeld, Konstantin Wecker als Goalgetter und der Urne von Willy Brandt im Tor. Gleichzeitig verschärft sich eine weltumspannende Krise, woran nicht zuletzt Jürgen Möllemann schuld ist, der durch den Deckenfries der Frauensauna in Islamabad fallschirmt. Und über all dem schwebend, denkt ein melancholischer Schöpfer über den Sinn des Lebens nach: „Nur Chaos, Kraut und Rüben! Schon beim Frühstück hat mich mein Filius mit Gleichnissen vollgemetert.“ „Jesus, Schnesus“, versetzt Satan sinnend. „Man steckt nicht drin.“ Ob jemals wieder alles gut wird?

Autor

Wiglaf Droste lebt in Berlin und ist entsprechend viel unterwegs, am liebsten mit dem Essener Spardosen-Terzett, mit dem er vor kurzem die CD „Für immer“ aufgenommen hat. Gemeinsam mit Vincent Klink gibt Wiglaf Droste die Zeitschrift „Häuptling Eigener Herd“ heraus.

Gerhard Henschel lebt in Hamburg, bittet dort einmal monatlich gemeinsam mit Rayk Wieland und wechselnden Gästen zur Lesung im „Toten Salon“ und gilt nach einem Befund des Rockpoeten Ralph Gätke als „große weiße Hoffnung der kleinteiligen Prosa“.

Wiglaf Droste
&
Gerhard Henschel

Der Mullah von Bullerbü

Roman

Mit Zeichnungen
von Ernst Kahl

GOLDMANN
MANHATTAN

Umwelthinweis:
Alle bedruckten Materialien dieses Taschenbuches
sind chlorfrei und umweltschonend

Manhattan Bücher erscheinen im
Wilhelm Goldmann Verlag, München,
einem Unternehmen der Verlagsgruppe Random House GmbH

Taschenbuchausgabe Juli 2001
Copyright © by Edition Nautilus
Verlag Lutz Schulenburg, Hamburg 2000
Die Nutzung des Labels Manhattan
erfolgt mit freundlicher Genehmigung
des Hans-im-Glück-Verlags, München
Umschlaggestaltung: Design Team München
unter Verwendung einer Zeichnung von Ernst Kahl
Druck: Elsnerdruck, Berlin
Verlagsnummer: 54165
AB · Herstellung: Sebastian Strohmaier
Made in Germany
ISBN 3-442-54165-4
www.goldmann-verlag.de

1 3 5 7 9 10 8 6 4 2

Für Barbara Kalender

„Ich hasse Mobs und Lynchjustiz – mir wird schlecht davon. Egal wie verworfen ein Mensch sein mag: Wenn ein Mob sich gegen ihn zusammenrottet, bin ich für ihn. Das einzige, worum ich je zu Gott beten würde, ist die Chance, zu gegebener Zeit hinter einem Maschinengewehr zu sitzen und eine Lynchmeute vor der Mündung zu haben." Dashiell Hammett in *Königsmacher*

Die Autoren bedanken sich bei Otfried Preußler und bei den Schöpfern der Augsburger Puppenkiste. Ihren Werken ist *Der Mullah von Bullerbü* verpflichtet.

Die Personen

Gisela Güzel, die schönste Kommissarin der Welt
Johnny Cash, ihr Lieblingssänger
Vincent Klink, Glücksbringer
Hans Küng, Tübinger Weltethiker und Top-Ketzer
Eugen Drewermann, sein Erzrivale
Hauptkommissar Hunter, Zielfahnder mit Obsession
Alexander Schnabel, Kriminalassistent
Wachtmeister Dimpfelmoser,
ein Cop aus Tauberbischofsheim
Heinz Coin, ein junger Polizist
Jakob Moneta, der König der Verbrecher
Der liebe Gott, sein bester Freund
Bernd Fritz, Wäschegrossist
Hans-Olaf Henkel, Industriefunktionär und Musikfreund
Manfred Kanther, ein Flüchtling
Günter Grass, Sozialrevolutionär und Fan des SC Freiburg
Egon Krenz, Guerillero in kurzen Hosen
Wolf Biermann, sein Todfreund
Jürgen Fuchs, Engel auf Probe
Arnold Vaatz, Minister und Jurist
Albrecht Götz von Olenhusen, Rechtspfleger

Hellmuth Jipp, Rechtspfleger in spe
Ingo Beberitzsch, Erlebnisbuchhändler
Gerd Haffmans, Erlebnisverleger
Joachim Kersten, sein Anwalt
Ernst Kahl, goldenes Herz, Muskeln aus Stahl
Horst Tomayer, ein fescher Radler und Plakateur
Rudolf Scharping, Fahrraddieb
Dagobert Lindlau, Waffenexperte
Egon Salamander, Klempnermeister
Volker Hauptvogel, ein Menschenfreund
Otto Schily, Abschiebeminister und Anthroposoph
Hodscha Hadsch, iranischer Diplomat
Peter Maffay, ein Irrtum
Katja Flint, ein Double
Benito Miracoli, Mafiaboß
Der Papst, sein Idol

sowie allerlei Drusen, Druiden, Mullahs, Falschmünzer, Ethiker, Erzengel, Kardinäle, Mafiosi, chinesische Schulken und andere Kindsköpfe

Alle Personen in diesem Roman sind frei erfunden; irgendwelche Ähnlichkeiten mit lebenden oder verstorbenen Personen wären rein zufällig.

Der liebe Gott hatte Fernweh. Er stieg in einen schnaufenden Reisebus und fuhr davon. Die Englein schoben Dienst nach Vorschrift. „Vorsicht, Schußwaffengebrauch!“ stand auf einem Schild. „You are leaving the American Sector. Dawai! Dawai!“ Jürgen Fuchs staunte Bauklötze. Wo war er?

Vor ihm wand sich eine Riesenschlange toter Seelen. Etwa einen Kilometer weiter vorne gab es Rabatz. Mehrere Cherubim in Grenzerkitteln verwehrten zwei feschen Herren den Eintritt und scheuchten sie davon. Die beiden schienen sich ihre gute Laune jedoch nicht verderben zu lassen. Lachend machten sie kehrt. „Let us tell you ’bout the birds and the bees, the flowers and the trees, the moon up above and a thing called love“, schmetterten sie inbrünstig. „Let us tell you ’bout the stars in the sky, a girl and a guy and the way they can kiss on a night like this ...“

Igitte, dachte Fuchs. Erst tot und dann auch noch betrunken. Wie pietätlos! Er streckte sich und tippte seinem Vordermann aufs Bierwagenkreuz. „Kennen Sie diese beiden Halbstarken? Die kommen mir bekannt vor. Sind das nicht so Musikanten aus Amerika?“

Der Mann drehte sich langsam um. Er hatte ein Gesicht wie ein ungemachtes Himmelbett. „Who the fuck are you?" fragte er und blinzelte müde auf Fuchs hinunter.

„Ich war Jürgen Fuchs. Und jetzt warte ich darauf, ein schöner Engel zu werden."

„Fox? Fox?" fragte der Mann und legte seine Stirn in stattliche Kummerfalten. „Wadda ya mean? Samantha Fox? Twentieth Century Fox? Fox Markt? Fix'n'Foxi?"

Jürgen Fuchs verstand nur Ostbahnhof. „Ich wollte bloß wissen, ob Sie diese Rowdies da kennen", sagte er und zeigte auf die beiden schwankenden Sänger, die mittlerweile „That's amore" angestimmt hatten.

Robert Mitchum hatte keine Lust mehr, dem Stoffel zu antworten. Er zog eine Gallone Whiskey aus dem Stiefel, scherte aus der Schlange aus und schloß sich Dean Martin und Frank Sinatra an. Zu dritt folgten sie den Hinweisschildern zur Hölle und sangen „Jesus died for somebody's sins but not ours ..."

Jürgen Fuchs taten die Füße weh. „Hier geht es auch nicht richtig voran", meckerte er in seinen Bart. Nur zwanzig Plätze war er in den letzten Tagen aufgerückt. Das sollte das Paradies sein? Pschorr! dachte er. Diese Sorte Arbeiter- und Bauernparadies ist mir sattsam bekannt. Er notierte diesen Gedanken im Geiste und schnitt ein Gesicht.

Die Zeit zertropfte.

Endspurt! dachte Fuchs. Noch zweihundert Meter, und er war drin. Ab und zu sah er verstohlen über die Schulter. Hinter ihm standen nur Leute, die er noch nie gesehen hatte: anonyme Unfallopfer, Bierleichen, Neuzugänge aus aller Herren Länder. Erleichtert atmete er durch. Von seinen besten Freunden war noch keiner in Sichtweite.

Mit leichtem Unbehagen dachte er an seine letzten irdischen Kontakte zurück. Beim ersten Mal war er in einem

Sulfrinfaß ertränkt worden. Das zweite Mal war weit schlimmer gewesen: Wolf Biermann hatte am Bettrand gesessen und das Diktiergerät mitlaufen lassen. „Sorry, Jürgen“, hatte er gesagt. „Kleine Gedächtnisstütze für den Nachruf. Mein letzter Offener Brief an dich. Aber den mußt du ja nicht mehr lesen.“ Fuchs hatte ihm eine kleben wollen. Im *Spiegel* hatte sich das später etwas anders gelesen: „Er streckte seinen Arm hoch und griff nach meinem Kopf und faßte mir in die Haare, in den Bart. Dann streichelte er mir tröstend, wie einem Kind, das Gesicht. Da fiel mir auf, daß wir uns früher so gut wie nie angefaßt hatten."

Dann war Borbel Bähley aufgekreuzt. Sie war für ein paar Tage aus Kroatien zu Besuch und hatte gerade noch den Weg zum Krankenhaus geschafft. Und zum Schluß war dieses blonde Gift aus Thüringen hereingeschneit – Vera am Abend. Die wird Miß dicke Beine 2000: Mit diesem tröstlichen Gedanken hatte sich Fuchs aus dem irdischen Jammertal verabschiedet.

Jetzt hatte er die Rasselbande hoffentlich von den Hacken. Im Himmel wollte er sich eine neue Existenz aufbauen. Als Seelenklempner. Ganz dumpf. Keine Politik mehr, Schluß mit Lyrik. Nur noch Hatha-Yoga, Kundalini, Atemarbeit, Flamenco ab elf und Qi Gong für Senioren.

„Bobiere!" schnauzte ein Erzengel. Fuchs erbleichte. Hatte er sich dafür wochenlang die Beine in den Bauch gestanden? Ging jetzt alles wieder von vorne los? Widerwillig zückte er die Reisedokumente. „Gänsefleisch mo dos linkge Ohr freimochen?" sächselte der Engel mechanisch. Fuchs gehorchte schmollend. Das würde er sich alles merken und später ein geharnischtes Gedächtnisprotokoll aufsetzen.

Der Engel tastete Fuchs ab. „Wos hobbmse denn do fier'n Schinkgen in Ihror Dosche? Vorzoischen!"

„Das ist kein Schinken. Das ist Literatur", erwiderte Fuchs, um Würde bemüht. „Mein Roman. Magdalena. MfS, Memfisblues, Stasi, Die Firma, VEB Horch & Gauck."

Der Engel hatte schon viel Elend gesehen. So dumm war ihm zuletzt Hanns-Martin Schleyer gekommen. Der hatte mit seinem dicken Siegelring gefuchtelt und angegeben wie ein Sack voll Mücken. Der Engel hatte Schleyer erstmal für ein paar Jahre nach Wolke sieben verbannt, und seit 1992 durfte er dreimal täglich die Leiern von Gert Bastian und

Petra Kelly stimmen. Der ist auch ruhiger geworden, dachte der Engel, lächelte vergnügt und wandte sich wieder dem Neuankömmling zu. „Soso. Mogdoleno. Orlondo Frouenbuchverloch, odr wie?"

„Ich bin Rowohlt-Autor", knurrte Fuchs.

„Sieh on. Horry Rowohlt Verloch! Rororo-ogduell! Hob ich frieho ooch schon immo gerne beschlochnohmt." Mit diesen Worten rupfte er Fuchs das Buch aus den Händen und warf es lachend in den Schredder.

O Himmel, dachte Fuchs. Dich hab ich mir anders vorgestellt!

Es war Murmeltiertag. Eben noch war Gisela Güzel mit dem Barbier von Bebra durch Lissabon spaziert, und Deutschland hatte endlich schön in Schutt und Asche gelegen. Aber dann hatte Gerhard Schröder in Nullkommanichts alles wieder aufgebaut.

Selbst die alten Fahndungsakten waren wieder da: Honka, Haarmann, Hannibal Lecter. Der leidige Papierkrieg ging wieder von vorne los.

Die Kommissarin hätte gerne einen Anfall von Realitätsverlust erlitten. Bei Dorothy Sayers hatten die Frauen noch in Ohnmacht fallen dürfen. Heute war das ja leider verpönt.

Eine Kreissäge sang ihr schauriges Lied. Vorschlaghämmer hämmerten gegen die Außenwand. Mit einem mächtigen Wumms zerteilte eine Abrißbirne das Mauerwerk, schwang knapp an Gisela Güzels Kopf vorbei und sauste wieder hinaus.

Aus einer Mörtelwolke tauchte ein Maurer auf. „Tschuldigung, Verehrteste. Ich wollte nicht mit der Tür ins Haus fallen, aber ich soll hier neue Fenster einsetzen. Ovale. Ich versteh das selber nicht. Wissen Sie vielleicht Bescheid?"

Die Kommissarin schüttelte den Kopf und betrachtete den staubigen Eindringling. „Nein", sagte sie. „Aber Sie haben eine bemerkenswerte Art, sich vorzustellen. Darf ich Ihnen eine Zigarette anbieten?"

„Gerne." Der Mann nahm ein Flüppchen und gab Gisela Güzel Feuer. „Also, draußen liegen achtzig Eierfenster. Ich kann das immer noch nicht glauben." Er zückte ein Papier aus der Brusttasche. „Hier. Ovale Fenster. Achtzig Stück."

Gisela Güzel studierte das Dokument. Das Büttenpapier war mit Anthroposophenrunen umsäumt. Der Text war reiner Steiner, unterzeichnet von Otto Schily: „An das deutsche Volk! Es muß Schluß sein mit den rechten Ecken, die das Geistesmeereswesen in den Seelentiefen des Menschen am Fließen hindern. Deshalb ordne ich hiermit an, daß alle Fenster in Behörden rund sein sollen. ~~Oder oval.~~ Hauptsache nicht eckig. Sonst geht's Euch dreckig!"

„Ach du dicker Vater", seufzte die Kommissarin und suchte nach der Büroflasche. Der Jameson stand noch immer an seinem alten Platz zwischen den Wasserlilien. Der letzte Krieg hatte dem Whiskey nichts anhaben können. Sie pustete den Staub aus zwei Gläsern, polierte sie mit dem Saum ihrer Bluse und schenkte ein. „Gisela Güzel. Prost."

„Max Meier. Prost auch!"

Sie tranken. In diesem schönen Moment kam der Kriminalassistent Alexander Schnabel hereingeplatzt. „Wenn die Scheiben nicht bis drei Uhr drin sind, wird die Gage nicht rausgeblockt!" motzte er den Maurer an. Dann fiel sein Blick auf den Jameson. „Sie trinken im Dienst, Frau Kommissarin?"

„Ja."

„Wissen Sie denn nicht, daß Alkohol eine geradezu vernichtende Wirkung auf den Verstand hat, und besonders auf die Zirbeldrüse?"

„Nein."

Die Karikatur eines Lächelns kräuselte Schnabels dürftige Lippen.

„Was bist denn du für'n Hacho?" fragte der Maurer. „Hast du hier was zu melden?"

Der Kriminalassistent wechselte die Gesichtsfarbe schneller als Mutter Beimer die Bettwäsche. Sein Deodorant versagte.

„Banner bannt Körpergeruch", sagte der Maurer und hielt sich die Nase zu.

Schnabel verduftete. Doch es wurde nicht still in der kleinen Bullerei am Ende der Straße. Böiger Wind fegte Gestrüppkugeln übers Trottoir, als zwei Zivilfahnder eine Stöckelgeis hereinschleiften. „Die hat das Grab von Marlene Dietrich geplündert und die Leiche ausgesaugt!"

„Warum machen Sie sowas?" fragte Gisela Güzel und betrachtete die schmutzige junge Frau. Ein pansiger Geruch lag in der Luft.

„Sehen Sie mich doch an", schluchzte Katja Flint. „Ich bin völlig blutleer. So kann ich gegen die ganzen Rampenschlampen nicht bestehen. Da dachte ich mir: Basics, Baby! Back to the roots! Ran an die Mutter des deutschen Films! Volle Möhre!"

Es war zum Fadosingen. „Ich glaube, ich möchte diese Frau nie wiedersehen“, näselte der Maurer, der sich noch immer die Nase zuhielt.

Die Kommissarin faßte sich an den Kopf. Es zischte. „Willkommen in Berlin“, stöhnte sie leise.

„Showtime!“ rief Eugen Drewermann und griff nach der Fernbedienung. Im Bibelkanal kam seine Lieblingssendung: „Ketzer des Monats“. Jahrelang hatte er Platz 1 belegt, als Leitwolf unter den kritischen Christen, doch dann hatte Hans Küng ihm die Pole Position abgejagt. Ausgerechnet Küng, dieser Schlappenpapst! Drewermann wollte verächtlich ausspeien, doch dann fiel ihm ein, was sein Gebetsteppich gekostet hatte – fuffzich Rupien ab Kinderhilfswerk. Die Schreie der gequälten Kinder waren Musik in Drewermanns Ohren gewesen. Er hatte eine Stunde lang mit der leprösen Verkäuferin feilschen müssen, und hinterher konnte der Teppich nicht einmal fliegen. Die Dritte-Welt-Läden zuhause waren viel schöner!

Im Fernsehen ging es jetzt zur Sache. Ein junger Quereinsteiger hatte es auf Platz 10 der Ketzer-Charts geschafft: Andreas Wrede, ein Mann wie Dynamit. „Geduld ist eine

Rüstung, die nicht jedem paßt“, betete Wrede und brach ins Knie.

Drewermann stöhnte. Überall nur Simulanten! Keiner war mehr so wie er, Eugen Drewermann, der sich jetzt seinen dritten Pulli anzog, den mit dem versauten See-Genezareth-Motiv. Es sah ja schließlich keiner zu. Leider! Die letzte Kamera hatte sich vor einer halben Ewigkeit auf Drewermann gerichtet. Inzwischen schöpften andere Schismatiker den Rahm ab.

Auf Platz 4 machte sich Uta Ranke-Heinemann breit. „Nein und Amen!“ quietschte sie und zog den Moderator am Zopf. Cherno Jobatey lachte. Das hatte er lange geübt. Auf Langeland, im ZDF-Grimassenschneideraum.

Drewermann nahm ganz allein ein Rolo für das Naschen zu zweit. Er wartete auf den Top Act. Hastig stülpte er sich den vierten Pullover über, ein Ungetüm in Senfgelb, das er in der Bettelecke von Lourdes einem pestkranken Presbyter entwendet hatte.

Dann war es soweit. Cherno Jobatey schob das Kinn vor und fagottete: „The day he went from Tübingen to the Peeper Verlag, the face of popular theology changed forever. And here comes the amazing part: He's still making history. Ladies and gentlemen, please welcome: Misteeeeeeeeer Haaaaaaaaaaaaaaans Küüüüüüüüüüüüüüüng!“

Eugen Drewermann seufzte tief. Es tat so weh! Er wandte den Blick ab und sah den Jesus-Starschnitt an der Wand an, in den er seine eigene Rübe hineinmontiert hatte, mit Nagelschere und Tesafilm.

„Woher nehmen Sie eigentlich die Power zu Ihrer unglaublichen Ketzerei?“ fragte Cherno Jobatey den bibelfesten Eidgenossen.

Küng zierte sich nur kurz. „Das“, eitelte er, „steht alles sinngemäß in meinem letzten Buch auf Seite 208.“ Die

Schwarte hatte er rein zufällig dabei. „Ich zitiere: Ob das Licht des Christentums nicht doch langsam verlöscht? Ich kann es, nachdem ich durch all die Jahre als unbequemer Mahner so oft vor dieser verhängnisvollen Entwicklung gewarnt und dafür Prügel bezogen habe, nicht verschweigen. Heute befindet sich die ganze Kultur auf der Suche nach einem globalen Ethos, Klammer auf culture in search of a global ethics Klammer zu ..." Als Küng zum Schluß noch einen Strauß Häresien überreicht bekam, war Drewermann bedient. Er schaltete um.

Auf 3sat hatten sich drei Herren auf ein Sofa gequetscht. Ihre Gesichter waren von Rindfleisch und Ramazotti demoliert. Helmut Markwort, der bayerische Innenminister Günter Beckstein und der Verbrecherexperte Dagobert Lindlau prangerten die laschen Paragraphen an. „In China ist alles besser!" philosophierte Lindlau und wienerte ein Seitengewehr. „Wanzen, Waffen, Todestrafe! Kurzer Prozeß! Zackzack!"

„Aber die Triaden, Herr Kollege!" jammerte Markwort. „Das sind doch alles Schurken. Die legen jeden um, der nicht spurt!"

Das war Becksteins Stichwort. „Wer nicht spurt, den schieb ich ab. Mir doch egal!"

Die Sendezeit war um. „Heute ist nicht alle Tage, ich komm wieder, keine Frage", oinkte Markwort und rieb sich die Hände, denn die Expertenrunde wollte noch einen zischen gehen.

Ein sardonisches Lächeln umspielte Drewermanns Lippen. Geil-o-mat! Ihm war eine tolle Idee gekommen...

Gisela Güzel wollte den Tag gerade abhaken, als das Telefon didelo-didelo-di machte. Hauptkommissar Hunter war dran, ihr alter Freund und Helfer. „Schön, daß Sie wieder an Bord sind, Gisela. Darf ich Sie zum Essen ausführen?"

„O gerne. Wohin denn?"

Hunter druckste ein bißchen herum. „Naja, es ist eher dienstlich. Wir haben einen Tip vom Gesundheitsamt gekriegt. Arabische Wochen bei McDonald's. Irgendwas soll da faul sein."

„Paßt zum Tag. Bringen wir's hinter uns."

Eine halbe Stunde später standen Gisela Güzel und ihr Chef vor dem Schalter der McDonald's-Filiale am Hermannplatz. Wuselige Mullahs brieten Geselchtes, und Leichtlohntaliban tüteten die Spezereien ein.

Es gab allerhand: frittierte Koptenfüße im Schlafrock, gepökelte Ungläubigenzungen und Aramäer in kochendem Öl. Auch die Kleinen kamen nicht zu kurz. Knusprig gegrillte Fötenpfötchen gingen als „Kinderteller Rudolf Scharping" zu Dutzenden über den Tresen. Zu trinken gab es Fatwa light und Koran-Coca nach islamischem Reinheitsgebot. Als Gisela Güzel das Wort „Überraschungsmenü" las, mußte sie sich setzen. Auch Waldemar Hunter war etwas grün um die Türknaufnase geworden.

Auf dem Tisch lag ein Exemplar der *McDonald's Koran*

News. Es wurde auf jede Menge Raves hingewiesen, vor allem auf Hinrichtungen und auf Billigflüge für Schaulustige. In Kabul sollte demnächst der beliebte Scharfrichter Abdul Tschüssikowski einige Heiden steinigen. Die Empfehlung endete mit den Worten: „Hingehen, mitmachen, Spaß haben!"

Die Kommissarin blätterte um. Auf der nächsten Seite hatte der Tierpark Kandahar eine Kleinanzeige geschaltet. „Neu im Streichelzoo: Christenhunde!" Und in der Mekka-Ecke beschwerte sich der Prophet Faruk al-Rachengold aus dem Nordsudan über mangelnde Intoleranz: „Jesus ist für mich der reinste Abtörn-Klopper!"

Zwei Tische weiter saß ein Mullahpulk und schnabulierte Finger-Food – sauer eingelegte Ringfinger von Ehebrecherinnen.

Ein neuer Gast betrat die Filiale. Es war Peter Maffay. Seine Band trottete hinterdrein. „Rieścht gut hier", rief der Sänger. „Isch glaub, isch bin in Grieschenland!" Er bestellte zwei Junior-Tüten und einen Liter Angstschweiß mit Strohhalm. Schmatzend brachte er der Belegschaft ein Ständchen:

Isch gehe wirklisch gerne zum Grieschen,
an rischtisch krossem Gyros dran rieschen.
Frisch verbrutzelter Schweinerfleisch,
ganz egal, ob arm oder reisch,
wir sind Brüder,
singen Lieder,
sind von der gottverflixten Nahrungskette nur Glieder,
doch das sind wir gern.
Dieser Song ist ein Hit!
Mahlzeit, Mahlzeit,
nie warst du tiefer in mir.

Legt die alten Geschischten ad acta,
Deutschland hat wieder Charakter.
Es steht jetzt zu seiner Vergangenheit.
Okay, uns tut schon Verschiedenes leid,
was wir taten
als Soldaten,
doch isch seh grad, hier kommt meiner Schweinerbraten,
und der rieſcht so lecker!
Ja, die Nase ißt mit.
Mahlzeit, Mahlzeit,
nie warst du tiefer in mir.

Wir gehen reischlisch gern in die Vollen,
trinken Ouzo, Retsina und Mollen,
haben Respekt vor der Tiere und Pflanzen,
vor Verhungernden und Menschen mit Ranzen.
Wir sind alle
in der Falle,
ganz tief drin in der Traufe aus Sehnsucht und Galle,
doch ihr last Rilke,
als der Traum eusch entglitt.
Mahlzeit, Mahlzeit,
nie warst du tiefer in mir.

Während die Band im Hintergrund huhute, ging Maffay zum Sprechgesang über:

Meiner Liebste, isch würde dir gerne etwas verraten: Du bist frei zu tun, was du willst. Wir könnten so glücklisch sein, wenn du es nur zuließest. Jetzt sitzen wir hier beim Candle Light-Souvlaki. Isch wäre dann bereit für den zärtlischen Teil des Abends. Jetzt liegt es an dir, die Entscheidung zu treffen zwischen unmenschlischen Grenzen und der weißen Tulpe von der Freiheit ...

„Schweinerfleisch? Retsina? Freiheit?“ Die Mullahs runzelten die Stirnen und entsicherten die Krummschwerter.

Aber Maffay merkte nichts. „Mach mal Schatten!“ befahl er seinem Schlagzeuger, der sich gehorsam zwischen Maffay und die lieblich hereinscheinende Sonne stellte. Dann soulte Maffay noch doller:

Isch tendiere ziemlisch zu Buddha,
denn der Erde ist unserer Mutter.
Aber immer diese Zweifel beim Essen,
die eusch quälen, beschleischen und stressen!
Immer öfte
eßt ihr Köfte.
Bleibt doch treu dem Zaziki und findet es töfte!
Wollt ihr noch Nachtisch?
Hey, dann singt bitte mit:
Mahlzeit, Mahlzeit,
nie warst du tiefer in mir.
Mahlzeit, Mahlzeit,
Mahlzeit, wie spüre isch dir.

Das war Peter Maffays Schwanengesang. Kommissar Hunter wartete noch ab, bis die Imbißmullahs den grausigen Zwerg um die Ecke gebracht hatten. Dann nahm er den ganzen Laden hopp.

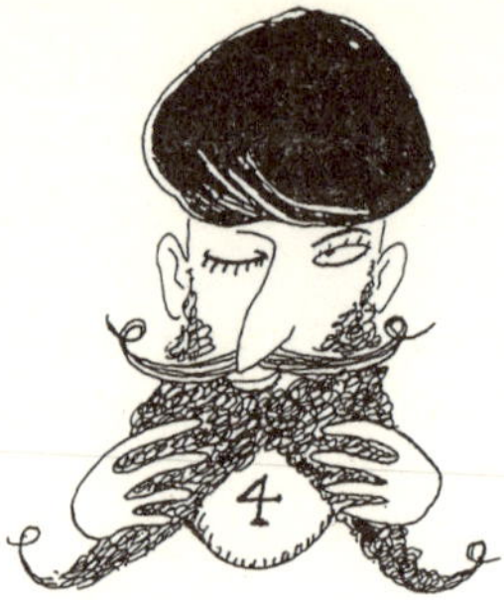

In der Hongkonger Poststelle der Triaden brannte die Luft. Was da alles ankam! Eingeschriebene Leichen mit Rückschein, Eilbriefe von befreundeten Syndikaten, Depeschen von interstellarer Bedeutung, Reiswein und ein Brief aus Paderborn. Wung Lei-pu, der Juniorchef, kratzte sich am Kopf. So etwas hatte er noch nie gelesen:

Sehr geehrte Herren, liebe Triaden!
Schon seit vielen Jahren verfolge ich Ihre Aktivitäten mit großer Sympathie. Sie tun viel Gutes! Wie auch ich. Sie kennen mich vielleicht aus dem Fernsehen. Ich bin ein Querdenker. Besonders liegt mir die Ping-Pong-Diplomatie am Herzen. Heute möchte ich deshalb mit einer persönlichen Bitte an Sie herantreten: Kümmern Sie sich doch mal um Hans Küng. Dieser Mann ist böse. Er leitet eine weltweit operierende Tarnorganisation namens Stiftung Weltethos. Und, was Sie vielleicht noch mehr interessieren wird, er ist auch stinkreich. Außerdem soll er sich immer sehr abfällig über Sie und Ihr verdienstvolles Hilfsinstitut geäußert haben. Foto und Adresse liegen bei. Ein Überfall könnte sich lohnen! Hochachtungsvoll,

Ihr Eugen Drewermann

P.S.: „Befreiung zum Frieden“, mein vielleicht reifstes Werk, ist weiter lieferbar. Kollegenrabatt wäre kein Problem.

Wung Lei-pu klatschte in die Hände und ließ einen Mann vom Archiv kommen. Er nannte ihn Fonty. „Bling mil alles übel Hans Küng. Del Mann ist möglichelweise ein üblel Konkullent."

Fonty schleppte einen Zentner Akten herbei, und Wung Lei-pu las sich fest. Extlem laffinielte Talnung, dachte er. Del tut so flomm, und in Wilklichkeit ist el ein läubelischel Betlügel! Den gleifen wil uns und machen einen Liesenleibach.

Die eingelochten McDonald's-Mullahs rauften sich die Haare. Seit Tagen hatten sie immer nur anständiges Essen bekommen, persönlich serviert vom Gefängniskoch Vincent Klink. Was ihnen noch weniger schmeckte, war die direkte Nachbarschaft zur Frauenzelle, wo Katja Flint ihre unverschleierten Flanken reckte. Die routinierten Menschenrechtler hatten bereits eine gepfefferte Protestnote an die Gesellschaft für bedrohte Völker aufgesetzt, doch Vincent Klink ließ den Wisch in Flammen aufgehen und steckte sich damit eine Gloria Cubana an. „Ihr sollt mal besser stille sein", sagte er und schmauchte. „Eure Religion ist mir ja egal, aber McDonald's ist das Letzte. Das ist noch mieser als Mitropa. Haut mal lieber tüchtig rein und kommt zu euch!"

Er schob ein kolossales Freßpaket in die Durchreiche: Entenleberparfait mit Apfelsalat, Taubenbrüste mit Morchelfüllung, Schinken in Burgunder sowie Holunderküchle und Korianderbirnen mit Rumcreme. Dazu hatte der Gefängnismundschenk Bernd Kreis ein paar passende Weine ausgesucht. „Kleines Zwischenhoch", sagte Klink charmant.

Für jeden anderen wäre in einem solchen Augenblick die Sonne aufgegangen, doch die Mullahs klatschten alles an die Wand, kippten den Wein ins Klo und stießen üble Verwünschungen aus: „Ramadan! Al-Ahram und Irak und Iran!"

Vincent Klink war traurig. Zu allem Überfluß meldete sich jetzt Katja Flint zu Wort: „Tolle Männer! So etwas wie kühle Erotik gibt es für mich nicht. Erotik ist für mich immer heiß oder scharf!"

Wie ein Döner, dachte Gisela Güzel, die alles mitangehört hatte. Im Mullahkäfig war der Teufel los. Die Fast-Food-Fundamentalisten wälzten sich im guten Essen, schlugen Purzelbäume, bissen sich gegenseitig die Ohren ab und schrien wie am Spieß. „Tell me Lord" sang die Kommissarin leise, „what have I ever done to deserve even one of the blessings I've known ..." Dann schritt sie zur Herrenzelle und zog sich die Bluse aus. Die Mullahs kriegten Stielaugen, erstarrten, verstummten und versanken vor Verklemmtheit im Erdboden.

„Damit ihr's nur wißt, ich bin Eurozentrist!" rief Vincent Klink ihnen nach, und es wurde wunderbar still. Nur Katja Flint hatte noch was zu babbeln. „Das ist ja wie bei Vilsmaier hier! Attraktives Augenschmauskino!"

Klink drückte auf den Ausknopf. Vor der Frauenzelle schnurrten die Rouladenrolläden herab.

Gisela Güzel umarmte den lebensklugen Smutje. „Why

me Lord, what did I ever do that was worth love from you and the kindness you've shown", sang sie ihm dankbar ins Ohr. Dann fiel der Vorhang.

Hans Küng hatte eisige Laune, als er in der Erlebnis-Buchhandlung im Marktkauf-Einkaufszentrum im schrappigen Eisenach eintraf. Zu seinem Vortrag über Weltethos für Weltpolitik und Weltwirtschaft hatten sich nur dreizehn zahlende Thüringer eingefunden, und der Buchhändler Ingo Beberitzsch, ein Mann von salatenem Äußeren, war auch nicht gerade der Bringer, ebensowenig wie der Veranstaltungsort. Für seinen Gast hatte Beberitzsch einen verschrammten Klapptisch in der kahlen, zugigen, fahl gekachelten Wandelhalle vor der Buchhandlung aufgebaut. Es war unwahrscheinlich, daß hier, zwischen Rolltreppen, Souvenirshops und Kunststoffkoniferen, der berühmte Funke überspringen konnte, der die Herzen entflammte.

„Après Event gibt's Kniften und Puffbrause satt", eröffnete Beberitzsch dem grummelnden Gottesmann. „Und danach geht's ab in den Irish Pub!"

Küng hatte nicht zugehört. „Ich hab sonst immer volle Hütte!" meiselte er. Dann fiel sein Blick auf das Ankündigungsplakat: „Küngvortrag drei Mark!" Hans Küng sah rot.

„Drei Mark? Für mich zahlen die Leute sonst mindestens zwanzig Schleifen!"

Beberitzsch nickte. „Tja, so ist das in der Zone leider. Ich persönlich komme ja aus Hannover. Seit vier Jahren versuche ich den Polacken hier Manieren beizubiegen, aber die kriegen einfach nicht gewuppt, daß Kultur auch was kostet."

Einen Moment lang überlegte Küng, ob es nicht an der Zeit sei, die Brocken hinzuschmeißen. Was war das überhaupt für ein Leben als Weltethiker? Jahraus, jahrein von Pontius zu Pilatus tingeln, tauben Ohren predigen, Perlen vor die Säue feuern und ausgerechnet in der Lutherstadt Eisenach die Arschkarte ziehen? Nein, so ging es nicht mehr weiter. Alles in ihm bäumte sich auf, und es war, als wolle etwas in ihm zerbrechen.

„Onfongen!" gnurbelten einige Zuhörer, die ihre Zeit nicht gestohlen zu haben glaubten. „Müör homm önsere Zürt nie geschdoohln!"

Küng besann sich auf seine Mission. Für das Projekt Weltethos war ihm kein Opfer zu groß. Er räusperte und sammelte sich. Die Menschen, dachte er, waren so unwissend. Plötzlich durchzuckte ihn ein neuer Gedanke: Eine unstillbare Gier nach Geld, Konsum und Fernsehkucken regierte die Welt und verschmutzte die Seelen. Dagegen galt es anzukämpfen, auch und gerade in Eisenach, in der Diaspora.

Er zwängte sich in das viel zu enge Bistrostühlchen, das Beberitzsch ihm hingestellt hatte. Dann schlug er sein Buch über Weltethos für Weltpolitik und Weltwirtschaft auf und las daraus vor. „Eine Vision: Müßten wir in diesem epochalen Paradigmenwechsel, in dem die Welt begriffen ist, nicht von den geistigen Fundamenten der Menschheit her dringend zumindest eine Grundorientierung für die Gegenwart im Blick auf die Zukunft anstreben?"

Von rechts näherte sich ein Reinemachemann mit Ohrenschützern und heulender Bohnermaschine, und irgendein Steppke zog auf einem quietschenden Dreirad seine Kreise.

Küng versuchte dagegenzuhalten und hob die Stimme. „Freie Bahn vielleicht nicht nur dem Tüchtigen, sondern auch dem Süchtigen: dem Süchtigen nach Macht, Einfluß, Prestige und Sex? Nein, so weit kann auch größte Toleranz und Liberalität nicht gehen", sang er, aber gerade an der besten Stelle zischte die Espressomaschine des benachbarten Brutzelgriechen dazwischen.

Das Kind hatte jetzt auch die Vorzüge seiner Dreiradglocke entdeckt und spielte ausgiebig darauf herum. Am liebsten hätte Küng diesem Blag den Hals umgedreht – seine erste menschliche Regung seit Jahrzehnten. Als ihm das zu Bewußtsein kam, wurde ihm schlecht vor Wut, doch er las wacker weiter. „Um Heinrich Heine, den jüdisch-deutschen Dichter aus dem 19. Jahrhundert, zu variieren: Denkt man an Europa in der Nacht, wird man um den Schlaf gebracht!"

Das Publikum wurde unruhig. „Göht do mo wos ob?" quakte ein Mann, der sich mehr von diesem Abend versprochen hatte. „Gomischör Grimi! Wonn kommt'n do de Möddo mo?"

Das ermutigte auch andere Zuhörer. „Frühο hott de Gieng obo 'n höißeren Röifen geschrörm!" wurde gerufen. „Wöldöddos, was sömma donn do domit onfongen?"

Küng kam zum Schluß. „Habeat sibi! Sursum corda! Sapere aude! Acta est fabula! Qui, quae, quod."

„Wie? Schon fertig?" fragte Beberitzsch. Der Impresario war überrascht. „Dann wollen wir mal schlemmen gehen. Das Büffett ist eröffnet!"

In der Erlebnis-Buchhandlung lagen fünf Eibrote mit einem Klacks Kaviarersatz, drei Radieschen und eine Spree-

HAND TÜCHER
1A WARE
QUI QUAE QUOD
Rest POSTEN

waldgurke neben der Kasse. Es gab auch Soljanka vom Faß. Beberitzsch schraubte einen Piccolo auf. „Ab geht er, der Peter! Schmeißt den Riemen auf die Orgel!“

Küng hielt sich an einer Tasse Soljanka fest und suchte Trost im Glauben. Von allen Seiten drängten sich die Fans an den Präsidenten der Stiftung Weltethos heran und hielten ihm Bücher zum Signieren unter die Nase: „Sie“, „Es“, „Blut“, „Brennen muß Salem“, „Shining“, „Carrie“, „Friedhof der Kuscheltiere“ – lauter fremde Schwarten, die Hans Küng noch nie im Leben gesehen hatte.

„Schröiben Se mür mor 'n Oddogromm dodrin: Füör Muddi!“

„Und bei müör füör Silvio!“

„Und bei müör bidde irrschindswoss Lüstisches!“

„Soren Se mo, Herr Gieng, wie gommt mon äischentlisch off oll die gruselischen Ideen?“

Hans Küng wich zurück. Irgendetwas lief hier falsch, das spürte er. „Herr Beberitzsch“, zischelte er, „was wollen diese Menschen von mir?“

„Sorge dich nicht, signiere“, wieherte Beberitzsch, „und zwar zacko! Wir wollen doch noch in den Irish Pub! Da geht die Luzie ab, Alter.“

Küng wußte nicht mehr ein noch aus.

„Nu moche Se mo hinne“, schnatterte ein entzahnter Kiefer. „Müör sünn hier do nisch möär boi de Bolschewiggen!“

Bolschewiken? Friedhof der Kuscheltiere? Für Hans Küng war Eisenach gestorben. Erst Stunden später, im Irish Pub, nach einem Meter Futschi blond, lebte er wieder auf. „Vielleicht muß man durchs Feuer gehen, um ins Packeis zu gelangen“, sinnierte er. „Oder wie sehen Sie die Lage?“

Beberitzsch glitschte in seinem Element. „Lüttje Lage? Börro off de Harroherre, Küng! Ischende Püff sarsen se örrll, oder watt? Hejo? Ürrlll, ärrlll, örrlll! Da geh isch kaputt droff. Könnema nochene Schnegge begregge? Samma dann hö? Hey? Spotzfrönd? Haste noch watt auf der Ladde oder nit?“ Nach diesen Worten wollte Beberitzsch Küng einen Freundschaftsklaps auf die Schulter geben, verfehlte sie knapp und stürzte vom Hocker.

Küng schlug den Mantelkragen hoch. „Es war ein interessanter Abend“, sagte er. „Aber Erlebnisgesellschaft ist nicht mein Ding. Zuviel Globalisierung! Aus dem Alter bin ich raus. Arrivederci!“

Eiswind schlug dem alten Ketzer ins Gesicht, als er in die Eisenacher Nacht hinaustrat. Es ist deutsch in Kaltland, dachte er und schlingerte den Hotelmedien entgegen.

Küng trank einen halbsteifen Grog aus der Minibar. Mit Global Ethics hatte er wieder nichts gerissen. Die jungen Dinger aus der Spaßgeneration von heute waren verrückt nach Fast-Food-Erotik und Wegwerftheologie. Doch damit wollte und konnte er nicht dienen. Er war mehr der Civic Culture verpflichtet.

Er hockte sich vor den Fernseher, schnappte sich die Macht und hoppte durch die Kanäle. Zick, Zack, Zen: Zuschauen, Entspannnen, Nachdenken. Die Sendung gibt mir nichts mehr, reflektierte Küng betrübt. Früher habe ich das doch immer so gern gesehen. Ich muß ein anderer geworden sein ...

Blue Movie hieß jetzt die Parole. Es tat sich was. „Ach, Schöpfungskraft ist sagenhaft“, murmelte Küng sich zu und griff zum Telefon. „Hallo, Hotel Sacher, Portier? Können Sie mir ein Feinripp-Unterhemd, eine Büchse Köstritzer und ein Snickers bringen? Ich geb mir selbst eine Party.“

Küng stülpte sich die Minibar über den Kopf. Es sollte schneller gehen mit dem Kick. Er brauchte es jetzt ganz hart. Wie damals in Sprockhövel.

Das Neue Testament purzelte Küng ins Gesicht. Verärgert packte er die Schwarte und warf sie durch das geschlossene Fenster. „Ich lasse mir das Singen nicht verbieten, das Singen nicht und auch die Fröhlichkeit“, jallerte er in die Nacht hinaus. „Ethik! Ethik!“ Das erinnerte ihn an seine wilden Jahre in Paris. Café au Lait, *Paris Match,* Sartre, Scholl-Latour, Gitanes blondes, La vie en rose, Pigalle! C’est si bon!

Zwei dicke Tränen kullerten über die Apfelbäckchen des Seelenhirten. Mit rostiger Stimme sang er ein Chanson, das er damals für Irma La Douce getextet hatte:

Éthique planétaire,
Gib mir maire, gib mir maire,
Ab und ßu mal ein Fique
und ansonsten Éthique
Planétaire, planétaire, planétaire ...
Isch brauch keine Million,
Keinen Fennisch ßum Glüque,
Isch brauch nur die Éthique planétaire.
Und wenn du disch mir gibst,
Misch von Kopf bis Fuß liebst,
Geb isch dir mein ßweitbestes Stüque haire:

Die Éthique, die Éthique planétaire ...
Kleinä ßuckärschnut,
Du bist ßu mir so gut,
Suque my dique beim piquenique planétaire!
Isch bin stark wie ein Baire,
Kleines Boxenludaire,
Nimm ihn quaire, hast du maire
Beim Verkaihre planétaire, planétaire ...

Es war die Nacht der Nächte. Für ihn, Prof. Dr. Hans Küng. Heute wollte er einmal alle fünfe gerade sein lassen. Naja, oder wenigstens ein oder zwei davon. Schließlich wartete morgen wieder ein arbeitsreicher Tag auf ihn. In Apolda sollte das Parlament der Weltreligionen zusammentreten, mit Hochwürden Baroneß Cara Margherite-Drusilla als Ehrengast. Da mußte er als Präsident natürlich wieder seinen Mann stehen. Aber jetzt hieß es erst einmal: Party pur!

Splitternd und krachend flog die Tür ins Zimmer. „Aah, mein Feinripphemd!" rief Küng. „Jetzt geht die Sause richtig los."

Doch der Kleriker irrte. Vor ihm standen drei Fu-Man-Chus und lächelten verschlagen in sich hinein. Dann ging es rund.

PARLAMENT DER WELTRELIGIONEN
PARLEMENT DES RÉLIGIONS DU MONDE
PARLIAMENT OF WORLD RELIGIONS

Kommissar Hunter hielt das Telefon am gestreckten Arm von sich weg. Aus dem Hörer brüllte Otto Schily die Zimmerlinde an: „Was glauben Sie, was der Außenminister für ein Theater macht! Wenn diese Mullahs nicht subito wieder auftauchen, werde ich Ihnen mal zeigen, was meine Abschieber so alles draufhaben. Ich brauch nur zu pfeifen, dann machen die das Siegfriedschwert in sich rege! Die äußere Wärme ist nur eine Maya! Und der iranische Botschafter steht bereits kopf – solange er noch einen hat! Machen Sie hinne, Sie Blindfisch!"

Schily mampfte eine Salmiakpastille. Dann rabauzte er weiter: „Diese Wichtigtuerin Güzel, die mir das alles eingebrockt hat, mach ich rund! Höchstpersönlich! Adieu, Bulle!"

Klong. Er hängte auf.

Zur Entspannung genehmigte sich der Innenminister ein Abschiebevideo. Er öffnete einen Westenknopf, legte die Füße hoch und sah zu, wie mehrere Bundesgrenzschützer einen Nigerianer bändigten. Sie hielten ihn fest und drückten ihm einen Motorradhelm auf den Kopf. Der Mann erstickte, und Schily spulte zurück. Das wollte er noch einmal sehen.

Er persönlich klammerte sich ja an den Gedanken der Wiedergeburt. Innenminister, was war das schon?

Eine Koryphäe mit einem Karma wie meinem, dachte Schily, kann im nächsten Leben noch viel größere Sprünge machen: Kaiser von China, Dalai Lama, Winnetou Eins!

Zur gleichen Zeit plachanderte Gisela Güzel die Skalitzer Straße hinab, um an der Tanke eine Flasche Frascati zu kaufen. Am Hühnerhaus-Grill pingelingte ihr Funktelefon. Hunter war dran. „Sie werden mich verfluchen, aber Sie müssen nach Eisenach. Heute nacht noch. Dringende Kiste. Hans Küng ist entführt worden."

„Eisenach kann nicht Ihr Ernst sein. Und wer ist Hans Küng?"

„Keinen Schimmer. Dem Hörensagen nach so'n abgefallener Kathole. Hat die Finger in fast allem drin, was abgeht."

„Irgendwelche Spuren?"

„Nichts. Nur so eine Broschüre über Weltethos. Extrem ungeil."

Fladenschwaden waberten vom Hühnerhaus herüber. Gisela Güzel brachte sich durch einen Spurt in Sicherheit und setzte sich auf eine Parkbank. „Das ist doch Bullshit, Chef! Eisenach braucht mich nicht. Und ich brauche Eisenach nicht."

„Leider doch. Die kommen da nicht klar. Das ist ja das Seltsame am Ex-Polizeistaat da drüben – überall Polypen, aber wenn man mal welche nötig hat, sind keine da, die bis drei zählen können."

„Ohne Quatsch jetzt – was soll ich da?"

Hunters Stimme wackelte. „Also gut. Ich will Sie vorübergehend aus der Schußlinie haben. Der Innenminister macht Terror. Der will Ihren Skalp. Dieser verdammte Wurzelrassist!"

„Hat er irgendwas Genaues gesagt?"

„Hab nicht zugehört. War mir zu selbstreferentiell."

„Okay, verstehe. Ich zieh das durch", sagte die Kommissarin und schloß die Augen.

Irgendwo jaulte ein Christ.

„Bin ich der neue Reemtsma?" fragte Küng neugierig, als ihn die Entführer in Hongkong aus dem Kofferraum geholt und in eine unterirdische Waschküche gestopft hatten.

Ein festlandchinesischer Kampfsportler führte das Verhör durch. „Who the fuck is Leemtsma?" kreischte er und blätterte erbost in Küngs Notizbuch. „Splich! Was ist Paladigmenwechsel? Wel ist Ilis Ladisch? Glll! Ich glaub, mein Hamstel bohnelt! Wel ist Elich Flomm? Wel ist Labindlanath Tagole? Und wel ist Henlyk M. Blodel? Gehölt del auch zu deinem Dlogenling?"

Küng schüttelte den Kopf. „Wenn ich's Ihnen doch sage, ich bin der Vorsitzende der Stiftung Weltethos. Ich kämpfe gegen Hämismus und Indifferentismus ..."

„Plojekt? Indiffelentismus? Lhabalbel, lhabalbel! Lede gefälligst, Langnase!"

Am besten sage ich etwas Knackiges aus meinem Werk über Weltethos für Weltpolitik und Weltwirtschaft auf, dachte Küng und räusperte sich. „Wenn Sie wollen, packe ich aus!“

„Na endlich! Und höl auf, dich zu läuspeln, Alschgeige!“

„Also“, erklärte Küng, „es gibt die uralten fünf C der wahren Religion: Creed, Cult, Code, Conduct, Community. Und es gibt die mondänen fünf C der Pseudo-Religion: Cash, Creditcard, Car, Condominium und Country Club.“

Es wurde sehr still in der nach Wäscheklammern, Gulli und Persil riechenden Waschküche. Der Chinese schwieg. Ehrfürchtig, wie Küng glaubte. Jetzt bin ich aus dem Schneider, dachte er noch, aber dann wurde ihm sein Notizbuch um die Ohren geschlagen.

„Das nennst du auspacken? Du Chlist! Du Tlickbetlügel!“ Der Chinese funkelte vor Wut. „Wil haben Mittel, dich zum Splechen zu blingen! Lede liebel fleiwillig! Was ist Tlendbülo Holx? Wel ist Fliedlich Schollemmel? Ist del auch in dcincm Velblechelkaltell? Vellat's mil! Sonst erkläle ich den totalen Klieg gegen alle, die hiel dlinstehen!“ Schon wies er die bereitstehenden Lakaien an. „Schälft die Schweltel! Lasielt den Honolalplofessol Johann Geolg Leißmüllel! Und blingt mil den Kopf von Lobelt Gelnhaldt! Diesel Leimdichtel steckt bis zum Stehklagen mit dlin!“

„Das können Sie nicht machen!“ brüllte Küng. Dicke Wutschweißperlen troffen ihm von der Stirn. „Ich bin Träger des Oskar-Pfister-Preises der American Psychiatric Association, des Karl-Barth-Preises, des Hirt-Preises, der Ludwig-Thoma-Medaille, des Bundesverdienstkreuzes Erster Klasse und des Preises für Zivilcourage!“

„Sehl intellessant“, schalmeite der Chinese und zeigte ihm einen Vogel. „Splich, Schulke! Wel ist Jesus Chlistus? Anschlift! Adlesse! Und wel zum Henkel ist Lodelich Leifenlath?“

Küng gab nicht auf. „Hören Sie, ich bin der Präsident der

Kaffee-Haag-Stiftung für Freiheit in der Kirche! Ich bin Member of the Committee of Patrons of the Congress on Global Values! Und ich bin Ehrendoktor der Pacific School of Religion in Berkeley!"

Während Küng seine restlichen Ehrendoktorhüte aus St. Louis, Chicago, Glasgow, Toronto, Cambridge, Dublin und Michigan in die Waagschale warf, hielt sich der Chinese die Ohren zu, tanzte im Raum herum und sang, um Küngs Geschrei zu übertönen: „La, le, lu, nul del Mann im Mond hölt zu!" Dann gab es wieder saure Haue für den Weltethiker.

„Das ist nicht die Milch der frommen Denkungsart!" protestierte Küng. Postwendend wurde er mit Oliven beworfen und mit Sellerie gedemütigt.

„Und wohel", fragte der Chinese, „kennst du Helln Bebelitzsch von del Ellebnis-Buchhandlung im Malktkauf-Einkaufszentlum Eisenach?"

Eisenach – bei diesem Namen wurde Küng das Blut in den Adern flockig, und es wulde ihm schwalz vol Augen.

„Bad luck wind's been blowing at my back", sang Gisela Güzel, als sie sich den Weg durch Eisenach bahnte, „got the number thirteen tatooed on my neck..." Vor dem Hotel, aus dem Hans Küng entführt worden war, bestürmten klebrige

Vertreter der vierten Gewalt einen Lebemann. „Ich heiße Beberitzsch und bin Augenzeuge“, rief der Kerl und drehte seinen Dez in die Kameras. „Das Opfer und ich sind die besten Freunde. Noch in der Tatnacht haben wir uns im Irish Pub über Gott und die Welt unterhalten. Wer mehr wissen will, muß zahlen!“ Der Schmachtlappen blickte triumphierend in die Runde. Dann sah er Gisela Güzel, und der Latin Lover in Beberitzsch kriegte Oberwasser. Der Erlebnis-Buchhändler zwinkerte ihr zu. „Olala, schönes Kind“, schmadderte er. „Wenn Sie hier in Eisenach was werden wollen, wenden Sie sich am besten an mich. Ich hab hier die Kenne. So wie Sie gebaut sind, kriegen Sie's exklusiv. Großes Interview. Kann auch in Naturalien abgegolten werden.“

Die Kommissarin zeigte dem Herzensbrecher die Hacken. An der Rezeption fragte sie nach Küngs Zimmernummer. „Dor müsemo ersdemo nochschlörgn!“ erwiderte der Portier. Er sah aus, als hätte er denselben Visagisten wie Christoph Daum. „Zimmor ocht. Obo dä Härr ist ni möhr do. Dör üs entfiehrt wüördn!“

„Deswegen bin ich ja hier“, sagte Gisela Güzel beschwichtigend. Sie zeigte ihren Kommissarinnenausweis und ließ sich den Schlüssel geben.

„Die Düor is obor bollizeilüsch vörsieschelt wörn“, rief der Portier ihr nach. „Ond dos Zümmör wörd schwör bewocht!“

Vor Zimmer acht kampierte ein dicker Konstabler und schnorchelte dezent. Die Kommissarin riß nur ungern fremde Männer aus dem Schlaf, aber sie wollte nicht länger als nötig in Eisenach verweilen. Also rollte sie den massigen Mann zur Seite, brach das Siegel und betrat den Tatort.

Auf dem Bett lag Küngs Koffer. Sie stöberte darin herum. Unter einem großen Stapel Autogrammkarten, einer

Papstmütze und einer Dornenkrone fand sie Küngs Reiselektüre: „A- und B-Phorismen“ von André Brie und „Wortadella – allerlei Sprachwursteleien“ von Hans Georg Stengel. Die Kommissarin blätterte unwirsch in den Büchern. Hans Küng hatte seine eigenen Gedanken mit einem Fine-Liner an den Rand gekritzelt: „Hört, hört!“, „Donnerschlag!“, „Chapeau! Das könnte von mir sein! Vgl. auch Hölderlin, West-Östlicher Diwan“, „Na, na, na!“, „Hier wird es mir zu demagogisch! Das Tischtuch ist zerschnitten!“ Als Lesezeichen hatte Küng einen Brief benutzt. Die Kommissarin las und staunte: „Werte Kunden! Wir haben unser Angebot um einige Trouvaillen erweitert. Die Unterwäsche aus Skandinavien bildet jetzt einen Schwerpunkt unseres Sortiments. Wegen der weltweit enorm gestiegenen Nachfrage nach diesen großartigen Sammlerstücken besteht akute Slipknappheit. Während unserer Schlüpfersubskription wurde bereits der größte Teil ausverkauft.“

In diesem Stil ging es weiter, Seite um Seite: „Lange Unterhosen garantiert arischer Mädchen, mindestens 1 Jahr getr.“, „Gebrauchte Bruchbänder aus Holland, frisch eingetroffen“, „Preisgünstige brasilianische Gummihöschen ...“ Als Absender firmierte ein gewisser „Wäsche-Fritz“ aus Oberursel: „Spezialitäten- und Genußbedarf. Hygieneartikel für den ‚besonderen‘ Geschmack. Seit 30 Jahren im Dienste aller Menschheitspraktiken. Diskreter Prospektversand in neutralen Tüten.“

Mehr noch als sein modriges Vokabular nahm Gisela Güzel dem Absender übel, daß sie seinetwegen nach Oberursel mußte.

Auf dem Frankfurter Hauptbahnhof war es wie immer: laut und voll und fies. Aus den Lautsprechern rinnsalte Nudelmusik. Reisende standen in üppigen Bündeln vor einem gigantischen Fernsehmonitor. Sie himmelten Michael Schumacher an, der sich aus einer Magnumflasche Champagner ins Gesicht spritzte und dabei aussah wie ein Orgasmus für Anfänger. Es lag Rindswurstduft in der Luft. Menschen bissen in frittierte Riemen und ließen sich den Senf genießerisch in die Krägen laufen.

Am Service-Point stand ein junger Polizist. Er hielt ein Schild mit der Aufschrift „Güzel Tours" hoch. Die Kommissarin gab ihm die Hand.

„Ich würde Sie ja lieber woanders hinfahren als nach Oberursel", sagte er und sah Gisela Güzel tief in die Augen.

„Ach, das kriegen wir schon hin mit Oberursel", erwiderte die Kommissarin. „Meine Hand können Sie jetzt übrigens loslassen."

Der junge Beamte wurde knallrot. Eine gußeiserne Hessin half ihm aus der Verlegenheit, indem sie ihm einen Kofferkuli in die Kniekehlen rammte. Eine Schweinefleisch-Marzipan-Torte fiel vom Wägelchen und platschte Gisela Güzel vor die Füße.

„Könne Sie net uffpasse, Sie Aamleuschtä!" moserte die Seniorin. „Sie stehe hier rum mit Ihne Ihrm Flittsche unn zertrambeln mir mei schö Festesse! Isch bring Sie vor Gerischt!“

Unvermittelt sah die Greisin in den Lauf einer frisch vernickelten Smith & Wesson. „Marleen, eine von uns beiden muß nun gehn“, sagte Gisela Güzel und spannte den Hahn. Die Hessin zischte ab wie Speedy Gonzales.

Die Kommissarin lächelte. „Es gibt Momente, da liebe ich meinen Beruf.“

Im Wagen fragte sie den jungen Kollegen ein bißchen aus. „Sie machen doch einen sympathischen Eindruck. Weshalb sind Sie bloß bei der Polizei gelandet?“

„Weil ich so werden wollte wie Sie.“ Der junge Mann wurde schon wieder rot. „Verstehen Sie mich bitte nicht falsch. Ich meine das rein platonisch! Für gesetzestreue junge Männer sind Sie sowas wie eine lebende Legende.“ Er streifte eine Straßenbahn und brachte den Wagen nur mühsam wieder unter Kontrolle. Seine Hände zitterten.

„Nette Art, auf mein Alter anzuspielen“, sagte Gisela Güzel.

Jetzt wurde der Nachwuchskriminalist rot wie eine Tube Tomatenmark. „Nein, nein“, jammerte er. „Ich meine doch nur, daß Sie die coolste Polizistin sind seit Clarice Starling.“

„Und Sie sind der mutigste Rennfahrer seit Stirling Moss.“

„Ich heiße aber Heinz Coin“, gab der Polizist zur Antwort.

„Wie auch immer. Sie haben gerade die dritte rote Ampel überfahren, Herr Coin. Schauen Sie doch mal in den Rückspiegel.“

Ein Dutzend Streifenwagen lalülalate hinter ihnen her.

„Abhängen“, schlug die Kommissarin vor. „Das machen junge Männer doch am liebsten.“

Heinz Coin schluckte und wurde von Kopf bis Fuß pur-

purviolett. Dann latschte er aufs Gaspedal und raste durch bis Oberursel. Vor einem geschmacklosen Bungalow brachte er die Reste des Wagens zum Stehen, sprang hinaus und begleitete die Kommissarin zur Vorgartenpforte.

Auf einem versilberten Klingelschild las die Kommissarin: „Maisonette Fritz”. Als sie auf den Knopf drückte, ertönte im Hausinneren die Melodie von „Süßer die Glocken nie klingen“. Über ihrem Kopf hörte Gisela Güzel eine Kamera surren.

„Die Frau kann reinkommen“, nuschelte es aus der Gegensprechanlage.

Gisela Güzel zwinkerte Heinz Coin verschwörerisch zu und sagte: „Wenn ich in einer Viertelstunde nicht wieder draußen bin, alarmieren Sie sich bitte selbst.“

Sie ging durch ein Spalier von Gipsbüsten mit dicken Titten. In der Haustür stand ein schnurrbärtiger Mann im violetten Brokatmantel. An seinen riesigen, verhornten Füßen trug er Seidenpantöffelchen mit Zierkirschenapplikationen und im Gesicht eine Fratze, die er möglicherweise für ein gewinnendes Lächeln hielt.

„Heroinspaziert, Schwesterchen!“ scherzte er. „Ist das nicht ein Wetterchen zum Eierlegen und Heldenzeugen? Aber je später der Abend, desto hübscher die Bräute.“

Gisela Güzel holte tief Luft und trat ein.

Im Flur wimmelte es von Pin-ups, angebrochenen Schnapsflaschen und verschnörkelten Sperrholzantiquitäten. „Alles original Barock! Achtzehnhundertzwanzig. Louis Quatorze!“ gneibelte der Connaisseur. „War nicht billig. Hab auch Betten von diesem Kaliber. Darf’s vorher noch was zu süffeln sein? Ich hätte da eine Kanne 61er Château Lafite-Rothschild Pauillac. Hat mich ’n schlappen Tausi gekostet. Hier geht’s lang.“

Er zeigte in ein gobelinbepfropftes Boudoir, das von

einer ausgebauten, lammfellbespannten Ford-Taunus-Rückbank beherrscht wurde.

Bernd Fritz setzte sich. Er zog die Hosenträger, mit denen das Fell an der Bank befestigt war, schnalzend stramm, klopfte auf den freien Platz neben sich und sagte: „Komm, Frau. Sitz." Dann zerrte er an einer Kordel, die von der Decke hing.

Sofort erschien ein leichtgeschürztes Girl in Gelb.

„Bring uns mal den guten Roten, Sylvie", sagte Bernd Fritz und zwinkerte. „Und danach hast du frei. Pünktchen, Pünktchen, Pünktchen ..."

Gisela Güzel zog es vor, sich im Stehen zu unterhalten. „Güzel", sagte sie. „Kriminalpolizei. Einer Ihrer Kunden ist entführt worden."

„Dann wollen wir doch mal hoffen, daß er vorher seine Rechnungen bezahlt hat! Wie heißt denn der Knabe?"

„Küng. Hans. Christ und Publizist. Sagt Ihnen das was?"

Bernd Fritz erbleichte. „Mein bester Kunde! Soviel wie an den hab ich sonst nur an Bischof Dyba verkloppt! Was glauben Sie, was da jede Woche rausging!"

Die Bedienstete huschte wieder ins Zimmer. Das mußte die Weinreinbringerin sein. Bernd Fritz spitzte die Lippen. „Die Frau in Weiß haben wir gesehen und die Schwarze Witwe", flötete er, „den Blauen Engel und Woman in red. Wir wollen nicht länger das gleiche in Grün. Wir wollen das blaue Wunder: das Girl in Gelb." Er versenkte seinen Blick in Gisela Güzels Ausschnitt. „Oder was meinst du dazu, Mädel?"

Gisela Güzel sagte nichts, und die junge Frau huschte wieder hinaus.

Der Slip-Onassis legte nach. „Letztes Jahr in Venedig hat sie sich auf der Biennale im deutschen Pavillon in Rapsöl und geseihten gelben Blütenpollen gewälzt. Im

Evaskostüm. Wie Gott sie schuf. Das putzte ungemein ...“

„Zeigen Sie mir Ihre Kundenkartei freiwillig?“ fragte Gisela Güzel. „Oder muß ich Verstärkung holen?“

„Wenn die so gebaut ist wie du, kannst du von mir aus eine ganze Hundertschaft kommen lassen.“ Der erregte Wäschehändler setzte sich die Karaffe an den Hals und gulpte den Rotwein in sich hinein. „Prost, Frau Kloppenbusch!“ hechelte er und wischte sich über die Lippenlappen. „Wein muß atmen!“

„Ich auch“, sagte Gisela Güzel und ging.

Die Maisonette Fritz war bereits bis auf die Grundmauern abgetragen. Emsige Petermänner stemmten mit Preßlufthämmern die Fundamente auf, während der zornig zappelnde Hausbesitzer von bärenstarken Schupos in den Schwitzkasten genommen wurde.

Immer neue Greuel kamen zum Vorschein: Vorkriegswäsche, beschmierte Schaufensterpuppen und schlimme Schlipse, manche sogar mit Garfield-Motiven. Es war grauenhaft. Über Jahrzehnte hinweg mußte der Duftslipmogul hier seine Verbrechen vertuscht haben.

Hauptkommissar Hunter nahm seine Dienstmütze ab und und wischte sich eine Träne aus dem Augenwinkel. „Ich habe ja schon viel gesehen in vierzig Jahren Polizeiarbeit. Aber das hier ..." Seine Stimme erstarb.

Gisela Güzel brachte ihrem alten Chef einen Becher Kaffee.

Traurig winkte Hunter ab. „Den haben sie mir jetzt auch verboten. Sie wissen ja, die Pumpe. Ich darf nur noch Caro-Kaffee. Aber trinken Sie mir ruhig was vor. Der Geruch und der Anblick bekommen mir gut."

Ein völlig verstörter Polizist taumelte auf Kommissar Hunter zu. Der Mann brachte kaum heraus, was er sagen wollte. Mit einer Kneifzange hielt er dem Kommissar ein etwa faustgroßes Objekt von unbestimmbarer Farbe vor die Nase. „Das ist das Gebiß von Maria Callas. Wir haben es in der Kloake gefunden. Handsigniert. Es klebt sogar noch das Preisschild dran. Drei Milliarden Drachmen ..."

„Bringen Sie es in die Asservatenkammer", stöhnte Kommissar Hunter. Bevor er noch „Oh weh, oh weh!" hinzufügen konnte, brach der Boden unter ihm ein, und alle purzelten in einen Stollen, der bis zum Rand mit Hüfthaltern, Korsetts, Lakritze, Schlümpfen, Pampers, Pistolen und Petticoats gefüllt war.

Bernd Fritz riß sich los und stürzte herbei, so schnell es ihm seine Pantöffelchen erlaubten. „Das ist mein Eigenbedarf! Hier haben Sie nichts verloren! Pfoten weg!"

Kommissar Hunter wühlte sich aus einem Wust von Strampelhosen-Extraposten in Übergrößen hervor, blähte die Lungen und schrie: „Verhaften Sie den Mann! Und ziehen Sie ihm tüchtig die Hammelbeine lang! Sonst kenne ich mich selbst nicht mehr!"

Knick und Knack, zwei Bullen aus Bornheim, erhielten den Auftrag, Bernd Fritz ins Zuchthaus zu verfrachten. Sie luden den Pantoffelhelden in die grüne Minna und brausten mit Blaulicht davon. „Herr Verbrecher", sagte Knack und drohte mit dem Finger, „Sie brauchen gar nicht zu glauben, daß Sie uns entwischen könnten. In Hessen schläft das Auge des Gesetzes nie!"

Knick nickte. Dabei kam er von der Straße ab. Der Wagen überschlug sich und rasselte ins Schaufenster einer Schlecker-Filiale. Knick und Knack waren im Führerhäuschen eingekeilt.

Bernd Fritz hatte nur einen Gedanken: Schlecker! Das wollte er bleiben, flink und flauschig. Erst jetzt wurde ihm klar, was er riskiert hatte. Dreißig Jahre ohne Mädchen!

Der welke Playboy bäumte sich auf. Neuer Wein im alten Schlauch! Ping, pong, pang – die Handschellen zerbarsten. Fritzens Hitze ließ die Ladeluken aus den Angeln rinnen. Ein heiterer Neigungstäter entstieg der zerfließenden Karre und folgte seinem Stern.

Seit Hans Küng von der Ketzerszene verschwunden war, hatte Eugen Drewermann wieder gut lachen. „Dritte Zähne, zweiter Frühling, what a feeling!" sang er aus voller Kehle. Er saß am Lenkrad eines Wohnmobils, das er in Borgholzhausen geklaut hatte. Seine Laune war tippitoppi. Seit einer Woche war er mit Dorothee Sölle auf Tournee. Sie klapperten die Feldgottesdienste und Zeltmissionen ab und verdienten sich dumm und dämlich. Vor allem das gemeinsame Schlammketzen brachte die Massen in Wallung.

Drewermann sang jetzt ein Lied für Hans Küng. „Hit the road, Jack, and don't you come back no more, no more, no more, no more, hit the road, Jack, and don't you come back no more ..."

„What'd you say?" krähte Dorothee Sölle, die in der Kombüse saß und Klappstullen mit Grafschafter Goldsaft schmierte. Das rüstige Duo war unterwegs in die Eifel: Rock am Ring war die nächste Station der Never Ending Pilgertour. Die Sonne schien, die Rapsfelder leuchteten, und alle paar Kilometer konnte man Tramper vernatzen: anhalten, rankommen lassen und dann Gummi geben. Die Gesichter der Gefoppten im King-Size-Außenspiegel waren immer wieder ein Bild für die Götter.

„Ihr seid echt gut drauf", sagte Wim Wenders, der mitreiste, um die Tour zu verfilmen. „Eugen und Dorothee. Ich seh euch so als Hänsel und Gretel. Als Bonnie and Clyde. Oder als Plisch und Plum." Er seufzte wie eine Drehleier. „Aber ist eigentlich auch egal. Ich bin ja ein Mensch, der mehr vom Visuellen herkommt und zuhause ist."

„Ach Wim, nimm's nicht so schwer", sagte die Sölle und hub an, einen weiteren Rautenpullunder für Eugen Drewermann zu stricken. „Wir haben alle mal klein angefangen." Sie schwolg in Memories. „Anno achtenachtzig hab ich noch am Leffers-Eck in der Oldenburger Fußgängerzone gestanden. Im Poncho, beim Ostermarsch. Und sieh mich jetzt mal an, was aus mir geworden ist. Auch du kannst das schaffen! Du mußt es nur wollen. Sieh in dein Herz, Wim. Life is a cabaret, old chum!"

Wim Wenders konnte einem leid tun, und das wollte schon etwas heißen.

Alexander Schnabel genoß es sichtlich, daß er die Feierabendvertretung von Hauptkommissar Hunter hatte übernehmen dürfen. Er streckte sich auf Hunters Sessel, paffte Hunters Zigarren, legte die Füße auf Hunters Tisch und versuchte, Rauchringe an Hunters Decke zu blasen. Er rollte die Zunge, machte einen Mund wie ein Karpfen und versagte.

Es klopfte.

Schnabel zwang sich zu warten. Er war jetzt ein wichtiger Mann, da durfte er nicht gleich wieder springen. Er war verdammt hoch eingestiegen, und das auch noch quer. Wenn es nach ihm ging, brauchte Kommissar Hunter nie wieder aus dem Feierabend zurückzukommen.

Schnabel öffnete ein Schubfach und rührte in Hunters persönlichen Dingen herum: Großes Verdienstkreuz, Schmierpapier, Schlüsselbund, gewaltige Hosenträger. Und das berühmte Projektil, das Jakob Moneta dem jungen Kriminalisten einst verpaßt hatte. Es war ein Steckschuß gewesen, mehr wußte man nicht. Kommissar Hunter sprach nicht darüber.

Neben der Patrone lag ein kleines quadratisches Stück Stoff. Was ist das denn für ein Teil, fragte sich Schnabel neugierig. Auf der Rückseite stand in gestochen scharfem Sütterlin: „Hitler-Geheimschnauz. Nur für Recherchen in der Nazi-Szene!“

Abermals klopfte es an der Tür, heftiger diesmal.

„Jaja“, grunzte Schnabel, knallte die Schublade zu und nahm die Füße vom Tisch. „Immer herein, wenn’s kein Schneider ist.“

Gisela Güzel trat ein. „Ich muß kurz mit Ihnen sprechen.“

„Und ich mit Ihnen. Haben Sie jetzt endlich eine Spur im Fall Wäsche-Fritz?“

„Jau“, sagte Gisela Güzel. Sie zündete sich eine Zigarette an. „Das Puzzle paßt noch nicht ganz zusammen. Aber eins ist klar: Es geht um Geld.“ Sie nahm einen Zug aus der Zigarette und blies ein Dollarzeichen aus Rauch in den Raum. „Um sehr viel Geld, genauer gesagt. Um Cash. Wenn Sie wissen, was ich meine.“

Schnabel erschrak. „Das hatte ich befürchtet“, sagte er. Der junge, durchtrainierte Cop sah verheerend ratlos aus. „Und was machen wir jetzt?“

„Dranbleiben. Heute abend ist Cash in der Stadt.“

„Ich verstehe nicht.“

„Cash. Johnny Cash. Heute abend. Im Tempodrom. Ich glaube, das ist kein Zufall.“ Die Worte standen im Raum und hallten lange nach.

Schnabel horchte.

Irgendwo schwieg ein Fisch.

Es war Gizela Güzel, die den Faden wieder aufnahm. „Wenn Sie darauf bestehen, kann ich Überstunden machen und der Sache nachgehen.“

„Tun Sie das.“

„Ganz so einfach ist es nicht. Cash ist absolut ausverkauft. Können Sie sich nicht ans Telefon hängen und ein paar Subalterne zusammenkoffern?“ Sie ließ die Wimpern flattern. „Das können Sie doch, Chef. Das haben Sie doch drauf."

Schnabel strahlte. „Kein Problem. Ich sorge dafür, daß Sie da unauffällig reinkommen. Und Sie", er schwoll in Vorfreude, „besorgen mir die nächste heiße Spur."

Gisela Güzel stand fest eingekeilt in einem Troß aus Lankwitzer Vorstadtcowboys. Es waren altgewordene Jungs, die sich zu diesem Anlaß mit viel Liebe, aber ohne jeden Geschmack herausgeputzt hatten. Sie trugen Cowboyhüte, Ledersilbertroddeln, spitze Stiefel mit Ziernähten und schwer angeschrägten Absätzen, zu enge Jeans, Jacken mit langen Fransen und darunter glänzende Shiloh-Ranch-Westen. Die Weibchen sahen auch nicht besser aus. Und alle warteten auf „Ring of Fire".

Johnny Cash kam auf die Bühne und sagte: „Hi, I'm the man in black. Who are you?"

„Wir sind die Fans!" karotteten die Lankwitzer und schwangen ihre Lassos. Gisela Güzel hatte noch nichts gegessen, aber sie fühlte sich gut gesättigt von vielen kalorienreichen Bierfahnen.

Johnny Cash stand allein in einem Lichtkegel auf der

Bühne und sang: „The beast in me has had to learn to live with pain and how to shelter from the rain ..."

Den Lankwitzern gab das nichts. Sie unterhielten sich halblaut über Heckscheibentuning und diskutierten Fuchsschwanzfragen.

Gisela Güzel zwängte sich ein paar Meter weiter. Ein naßgeschwitzter runder Mann drückte ihr einen Kuß auf den Mund und einen Becher Bier in die Hand. „Ist es nicht gottvoll?" fragte er selig. Freudentränen tropften von seinem Gesicht. Es war Volker Hauptvogel, vor Ewigkeiten Sänger der ersten Berliner Punkband Mekanik Destruktion Kommandö. Mittlerweile war er einer der besten Wirte der Stadt, führte das Restaurant „Storch" und sah aus wie drei Punksänger. Vor knapp fünfzehn Jahren hatten Gisela Güzel und er einen Selbstversuch in Sachen Absinth unternommen. Sie hatte zwei Liter von dem grünen Fusel aus der Asservatenkammer der Drogenfahndung gemaust, und Hauptvogel hatte aus Aldous Huxleys „Pforten der Wahrnehmung" vorgelesen. Halluzinationen, aufregende Trugbilder und Gesichte hatten sich leider keine eingestellt, nur der übliche Säuferwahn und zwei gigantische Kater, einer für sie, einer für ihn. Die Kater hatten sich nach zwei Tagen getrollt, die Sympathie war geblieben.

Sie küßte ihn zurück. „Ja", sagte sie, „Gott ist groß. Hör mal."

„Got a long line of heartaches I carry it well, the list of lives I've broken reaches from here to hell", sang Johnny Cash. In Gisela Güzels Nähe gingen mehrere Männer auf die Knie und weinten dicke Tränen aus reinem, ehrlichem Wodka. Und Volker Hauptvogel war so glücklich, daß er hundert Biere bestellte und sie an wildfremde Menschen verschenkte.

Das versteht die Güzel also unter heißen Spuren folgen,

dachte Alexander Schnabel und legte eine Aktennotiz an. Er hatte sich ebenfalls Zugang verschafft, um der Torte auf die Finger zu kucken. Irgendwie wurde er das Gefühl nicht los, daß sie ihn mit Cash aufs Kreuz gelegt hatte. Er fühlte sich genasführt. Es war ein klassisches Bauchgefühl. Zinksärge im Bauch, schoß es ihm durch den Kopf. Wenn ich mich schon nicht auf meine Leute verlassen kann, dann doch immer noch auf meinen sprichwörtlichen Riecher!

Seit er in der dritten Klasse seinen Banknachbarn beim Kreideklauen gestellt und ihn an den Direx verpetzt hatte, war dieser Riecher Alexander Schnabels bester Freund. Und sein einziger. Das war ihm selbst schon hin und wieder aufgefallen, wenn er ein ganzes Wochenende lang mutterseelenallein den Pirelli-Nacktkalender in der Kochnische angestarrt hatte.

Ich rieche, rieche Haschisch, wisperte der Riecher jetzt. Das ist doch verboten!

Der Geruch hing überall. Schnuppernd stakste Schnabel durch den Laden. „Keine Macht den Drogen!“ rief er. „Paßt auf, daß eure Abwehr steht!“ Das waren die Essentials seiner Politik. Im Vorübergehen zupfte er einem Trapper den Joint aus dem Mund und trampelte auf dem Corpus Delicti herum. „In flagranti!“ belferte er kiebig und grinste dem Trapper ins Gesicht. Die Rettungssanitäter hatten später erhebliche Mühe, Schnabels Genick zu richten.

Hodscha Hadsch, der iranische Botschafter, war auf hundertachtzig. Er stampfte mit den Füßen und rollte mit den Augen. „Wir vermissen sieben unserer besten Mullahs! Mit unseren Geschäftsfreunden von McDonald's haben wir einen Manteltarifvertrag. Seit Ihrem Überfall auf die Filiale am Hermannplatz sind diese Spitzenleute in den Kerkern Ihres Regimes verschollen. Dafür haften Sie mir mit Ihrem Kopf!"

Otto Schily wurde bleich. Emir, geh mir aus den Augen, dachte er, hielt aber lieber die Klappe. Er wartete auf das Ende des Wutanfalls, aber das war noch lange nicht in Sicht.

Hadsch klatschte eine Aktenmappe auf den Tisch. „Hier sind unsere Forderungen", brüllte er. „Erstens: Eins, zwei, drei, laßt die Mullahs frei! Zweitens: Ein gefährlicher Deutscher treibt sein Unwesen in meinem Vaterland." Bei diesem Wort mußte sich Hadsch vor Ergriffenheit schneuzen. „Hier sind die Beweise." Er zückte einige Fotos und knallte sie Schily vor den Latz.

Der Innenminister stutzte. Der Mann auf dem Foto war ein alter Bekannter: Bernd Fritz. Von ihm hatte Schily in jungen Jahren seine Gummirunen bezogen. Heute wollte er nichts mehr davon wissen. „Ich gebe Ihnen mein Ehrenwort, Herr Hadsch: Dieser Mann ist so gut wie tot. Wir schicken einen Spezialisten. Egon Salamander. Es gibt keinen Besseren. Der hat damals auch die Kiste mit Lumumba gedreht. Und was die verschwundenen Mullahs betrifft: Daran arbeiten wir Tag und Nacht. Das war's dann wohl. Auf Wiedersehen. Ich habe zu tun."

Hadsch packte Schily am Kanthaken und blies ihm eine kräftige Kefirbrise ins Gesicht. „Du Wurm! Ich gebe dir noch achtundvierzig Stunden!" Dann ließ er Schily fallen wie eine verfaulte Maus und ging hinaus.

Schily war wütend. Aber immerhin, tröstete er sich, ist mir noch rechtzeitig der Quatsch mit Egon Salamander eingefallen. Er kicherte. Egon Salamander! Diese Perser waren aber auch zu und zu leichtgläubig!

Er goß sich ein Täßchen Petunientee hinter die Binde und faßte einen Entschluß. Den schändlichen Wäsche-Fritz sollte Gisela Güzel suchen. Vielleicht würden sich die beiden neutralisieren. Also praktisch gegenseitig ausknipsen. Das wäre das beste. Und über die Kundenkartei würde der Wüstenwind wehen.

„Einspruch, Euer Ehren!" rief Albrecht Götz von Olenhusen und erhob sich. Der Freiburger Staranwalt zeigte auf Hans-Olaf Henkel. „Der Angeklagte mag vielleicht nicht zurechnungsfähig sein, aber verhandlungsfähig ist er durchaus noch. Wie ich der jüngsten Ausgabe dieser Wochenzeitung entnehme" – Olenhusen warf einen zusammengeknüllten Papierball auf den Richtertisch –, „fühlt sich der Angeklagte geradezu dämonisch fit. Wörtlich hat er gesagt: ‚Meine Fackel lodert noch.' Das sind die Worte eines Mannes, der sich dem Hohen Gericht heute mit Krücken, Kopfverband und Schniefnase als kranker Mann vom Bosporus zu präsentieren versucht."

Hans-Olaf Henkel sprang auf und schüttelte die Fäuste. Er hatte vergessen, daß er ja eigentlich halbtot war.

„Einspruch angenommen", sagte der Richter. Mit voller Wucht schlug Henkel sich vor die Stirn. Der Kopfverband ging ab, und eine Beulenattrappe aus Pappmaché kam zum Vorschein.

Ein Raunen ging durch die Reihen der Geschworenen. Der Richter klopfte dreimal mit seinem Hämmerchen aufs Pult. „Ruhe, oder ich lasse diesen herrlichen, mahagonigetäfelten Saal aus der Gründerzeit räumen!" Atemlose Stille senkte sich über den Gerichtssaal. „Haben Sie noch Fragen an Ihren Mandanten, Herr Jipp?"

Rechtsanwalt Hellmuth Jipp betrachtete fassungslos die Beulenattrappe auf Henkels Kopf und verneinte kleinlaut. „Ihr Zeuge, Herr Kollege."

Kreuzverhör! Albrecht Götz von Olenhusen verwurstelte die Hände hinter dem Rücken wie ein türkischer Familienvater beim Sonntagnachmittagsspaziergang und pirschte sich mit schweren Schritten an den Angeklagten heran. „Geben Sie zu, daß Sie gegen die von Arnold Hau erlassenen Gesetze verstoßen haben?"

Hans-Olaf Henkel zuckte die Achseln. „Kenn ich nicht. Weiß ich nicht. Nie gehört."

„Dann darf ich Sie vielleicht mit einem von Ihnen gebrochenen Gesetz bekanntmachen, welches besagt: ‚Wer seine Notdurft nicht verscharrt, der soll verstoßen sein tausendfach.‘ “

Henkel schwieg verstockt.

„Hohes Gericht!“ fuhr Olenhusen fort. „Meine Damen und Herren Geschworenen! Dieser Mann ist eine Last. Neben vielem anderem Kokolorus hat er herumerzählt, daß er davon träume, mit Charlie Parker Saxophon-Duette zu spielen. Ich zitiere: ‚Charlie Parker und die anderen haben den Blues, den ich gerne hätte. Und sie lassen ihn raus, weil man ihn nicht einsperren darf. Ich habe ihn auch, ich spüre es. Er ist in meinem Blut. Doch nicht in meinem Kopf. Der ist voll von Wirtschaftsdaten, Wegen aus der Krise und davon, wie man Millionenaufträge an Land zieht.‘ Außerdem hat der Angeklagte behauptet, er würde gern gemeinsam mit Charlie Parker Konzerte von Lester Young, Coleman Hawkins und Ray Brown besuchen.“ Albrecht Götz von Olenhusen holte tief Luft. „Es ist kaum anzunehmen, daß Charlie Parker mit Hans-Olaf Henkel irgendwo hingegangen wäre, es sei denn, der Angeklagte hätte einen ordentlichen Packen Stoff dabeigehabt. Charlie Parker ist nur mit Dealern und mit schönen Frauen um die Häuser gezogen. Das ist verbrieft. Und es wird Herrn Henkel wohl kaum gelingen, hier glaubhaft zu machen, daß es sich bei ihm um eine schöne Frau handele.“ Olenhusen betrachtete den Angeklagten, als sei er eine sozialdemokratische Bauruine. „Aber wie dem auch sei. Sie, meine lieben Geschworenen, wissen, was Sie zu tun haben.“

Nach kurzer Beratung teilten die Geschworenen dem Richter ihr Urteil mit. „Angeklagter, erheben Sie sich“, sagte der Richter. „Ihre Krückenattrappen brauchen Sie dazu ja wohl nicht.“ Dann erging das Urteil. „Im Namen des Volkes verknacke ich Sie zu zehn Jahren Bettenmachen im Schullandheim Scharbeutz. Ihr gesamtes Vermögen wird eingezogen, entarisiert und an einen Haufen netter Leute verteilt."

Das stieß Henkel übel auf. Er wußte überhaupt nicht, was diese Habenichtse gegen ihn in der Hand hatten. Sein Anwalt Hellmuth Jipp sprang aus dem Fenster und entzog sich so der Verpflichtung, in Berufung zu gehen.

Im Zero-Sterne-Hotel „Zur abgehackten Hand" checkte Gisela Güzel ein. „Mein Bagdad, dein Bagdad, Bagdad ist für alle da", hatte Otto Schily gewitzelt und fies gefeixt. „Sie sind doch sonst so reiselustig ..." Und dann hatte er sie in die Wüste geschickt, wo sie den zur Fahndung ausgeschriebenen Wäsche-Fritz aufstöbern sollte.

Ihr Zimmer war nicht unbewohnt. Einige Reptilien und Amphibien hatten es sich im Bett gemütlich gemacht. Auf den Dielen trocknete Blut vor sich hin. In der Minibar hatte die Direktion speziell für den abendländischen Gast wie zum Hohn Mariacron alkoholfrei und eine Flasche Clausthaler deponiert. Auf dem Nachttisch lagen eine Volksausgabe des Koran und die Modezeitschriften *Frau ohne Spiegel*, *Gegen Sie* und *Brigitte im Kartoffelsack.* Gisela Güzel zog einen Flachmann aus dem Strumpfband und prostete ihren Mitbewohnern zu.

Die Tür wurde eingetreten. „Zimmerservice!" Muntere

Imame mit Maschinenpistolen und entsicherten Bärten kamen hereingepoltert, schossen in die Decke, kuckten gefährlich und gingen wieder weg.

„Charmant, charmant", sagte Gisela Güzel und rauchte eine.

Beim Portier mietete sie sich eine modische Beretta in graupelgrau und machte einen ersten Schnatgang durch Bagdad. Sie schlenderte durch die Boulevards und Avenuen. Sie waren festlich geschmückt mit umgekehrt Gekreuzigten und schönen Fotos von Saddam Hussein, dem Freund aller Kinder. „Jeder liebt ihn, den klugen Delphin", trällerte Gisela Güzel.

An der Ecke Budengasse/Straße der Exekutionen lief sie in einen quietschenden Mullahpulk hinein. Hier wurde eine neue Filiale des Textilimperiums Mister Big Shot eröffnet. Frauen hatten keinen Zutritt: „Wir müssen leider draußen bleiben", stand auf einem Schild, das Kartoffelsäcke zeigte.

Gisela Güzel malte sich verstohlen mit dem Kajalstift einen Schnurrbart an, schlug einen Mullah k.o., schlüpfte in seine Kleider und betrat das Geschäft. Es gab aber nur Bartbinden, Schuhe aus Nato-Draht, Unterhemden von Heckler & Koch und blickdichte Brillen. Gisela Güzel wunderte sich über den Andrang, bis sie das Hinterzimmer entdeckte. Dort war alles erhältlich, was das Mullahherz begehrte: Reizschleier in allen Farben des Regenbogens, Stöckelpuschen, Wimpel von Wormatia Worms, gepaspelte Schrittschlipse aus Brüsseler Spitze und eingedostes japanisches Geishapipi. Die Mullahs kochten vor Entzücken und sprangen herum wie die Dullhärmchen. An der Stirnseite des Raums saß Mister Big Shot persönlich auf einem gefälschten Pfauenthron und ölte seine Kontakte. Gisela Güzel erkannte ihn sofort. Es war der Wäsche-Fritz.

Die hab ich bei den Eiern, dachte er. Die laufen mir nicht weg. Ich habe alles, was die brauchen. „Nicht so schüchtern, meine Herren!“ rief er. „Wer will nochmal, wer hat noch nicht? Es ist genug für alle da, wir sind hier nicht in Afrika!“ Er nahm einen großen Schluck Ajax Glasrein und puhlte in seinem Nabel.

Zwei aus Tadschikistan zugereiste Ayatollahs rauften sich um einen Büstenhalter. „Ruhig Blut, die Herren“, sagte Fritz begütigend und brachte ein identisches BH-Modell zum Vorschein. „Bei mir kommt keiner zu kurz. Voilà!“ Er warf den Büstenhalter in die Meute. „Was Bullrichsalz für Magen-Darm, ist Wäsche-Fritz für den Islarm! Harr, harr, harr!“

Mister Big Shot war gut drauf. Man hätte fast sagen können, daß er glücklich war. Es war ein weiter Weg gewesen von Oberursel bis hierher. Die Muslime rissen ihm die Höschen aus den Händen, und ganz Arabien lag ihm zu Füßen. Endlich war er wieder wer.

Caduta Massi, der Consigliere von Don Benito in Palermo, war verdattert. Ein Geschenkpaket für seinen Paten war geliefert worden, und Caduta hatte es fachmännisch geröntgt, geöffnet und gefilzt, aber nichts gefunden als exakt fünftausend Schnuller. Der Absender war ein Mister Big Shot aus Bagdad. Was hatte das zu bedeuten?

Der Consigliere schlug im großen Mafia-Handbuch nach. Bekam man zwei Hähnchenschnitzel zugeschickt, hieß das: Irgendjemand ist bei den Hühnern. Ein Korb voller Möhren bedeutete: Deine Mutter riecht wie der Steiß einer läufigen Hündin. Ein premiere-Decoder hieß: Du ödest mich an, du Langeweiler! Aber auf fünftausend Schnuller wußte auch das Handbuch keine Antwort.

Caduta Massi war mit seinem Latein am Ende. Er mußte es beichten. Don Miraculi war ein Mann, der schlechte Nachrichten sofort zu hören wünschte.

Massi druckste herum. „Pronto, consigliere mio", ermunterte ihn der Don, denn er sprach fließend italienisch. Stumm deutete Massi auf das Schnullerpaket. Don Miracoli wußte sofort Bescheid. „Das, Caduta", sagte er leise und gedehnt und tätschelte seinem Consigliere die Wange, „ist eine tödliche Beleidigung." Diskret korrigierte er mit der Zungenspitze den Sitz der Tampons in seinen Backentaschen. „Schick Alfredo Funghi und Lungo Metraggio nach Bagdad. Die sollen sich um diesen Mister Big Shot kümmern. Und auf dem Rückweg sollen sie mir vom Wochenmarkt Saltimbocca mitbringen. Ich verspüre einen leichten Appetit."

Manfred Kanther wehrte sich mit Händen und Füßen. „Ich habe die Treibjagd beendet!“ kreischte er dem Sicherheitsbeamten ins Ohr, der ihm die Fußeisen anlegte und ihm eine Beruhigungsspritze in die vier Buchstaben jagte. „Das können Sie mit mir nicht machen! Das verstößt gegen Recht und Gesetz!“

Doch es half nichts. Manfred Kanther wurde abgeschoben, wegen krimineller Dummheit, wie es in einem geheimen, von ganz oben abgesegneten Befehl des Bundesgrenzschutzes hieß, und zwar nach Afrika. „Sorgen Sie dafür, daß dieser Mann weit weggebracht wird“, hatte Angela Merkel gesagt und Otto Schily unauffällig einen dicken Umschlag mit wertvollen Fußball-Sammelbildern von Aral zugeschoben. „Wir wollen diese Hackfresse nie mehr wiedersehen.“ Ihre Stimme hatte sich zu einem heiseren Flüstern gesenkt. „Sie verstehen?“

Der Helikopter kreiste über dem afrikanischen Busch, wo er am tiefsten war. Manfred Kanther, dem man einen Lendenschurz aus Leopardenfell angelegt hatte, schlief noch den Schlaf des Selbstgerechten und träumte von einer Razzia im Kommunistenviertel von Bockenheim, als er mit einem Fußtritt an die frische Luft gesetzt wurde. Mitgegeben hatte man ihm einen Jungvolkdolch zur Selbstverteidigung und fünfzig Reichspfennig Zehrgeld.

Klabumm! Der Innenminister a.D. war unten angekommen.

Kanther schaute auf. Wo war er? Das Tier, das ihm über den Brustkorb kroch, war jedenfalls keine rote Weinbergschnecke, sondern eine fette Viper. Mit der, dachte Kanther, werde ich fertig. Aber wie?

Die Viper faßte Kanther streng ins Auge und ließ dann ab von dem Versuch, ihn zu hypnotisieren. Es war nicht genug an ihm dran, und er roch nach Grüner Tante. Resignierend kroch die Schlange ihrer Wege.

Na also, dachte Kanther und erhob sich. Die Hatz ist vorbei. Hab ich doch gleich gesagt!

Bumsti – eine giftbeschmierte Kokosnuß traf Kanther in die Zwölf und schickte ihn abermals ins Reich der Träume. Als er erwachte, fand er sich in einem Kochtopf wieder.

„Humba, humba, esse, esse weiße Manne!" skandierten einige Herren, die sich Knochen in den Dutt gewunden hatten und den Kochtopf gutgelaunt umtanzten.

„Ich kann euch Entwicklungshilfe geben", keuchte Kanther und rüttelte an den Bambusfesseln, mit denen er zusammengeschnürt war. Das Wasser begann zu blubbern. Nur Kanthers große Schnauze schaute noch heraus. „Ich euch baue Polizei auf!" rief er. „Grenzschutz! GSG 9!"

Die Wilden lachten und kippten frische Eierkohlen in die Feuerstelle unterm Kochtopf.

„Ich euch gebe noch mehr!" gurgelte Kanther. „GSG 12! GSG 2000! GSG Gotteszahl!"

Aber seine Gastgeber hörten ihm gar nicht zu. Sie schüppten Gewürze ins Kochwasser, leckten sich die Lippen und rissen Witze über den weißen Nackedei, der aus dem Himmel gepurzelt war, als Gabe Gottes.

Kanther ging auf Tauchstation. Mit dieser Methode – Luft anhalten und schmollen – hatte er sich schon so man-

chen hessischen Ortsverein gefügig gemacht. Warum also nicht auch die Einwohner eines Negerkrals?

Als der gesottene Kanther eine Stunde später gar war und angeschnitten wurde, fiel ein Tropfen Blut auf die Erde. „Verzeihung“, sagte Kanther. Er sprang auf, um Salz und Ariel zu holen.

„Nicht nötig“, sagte der dicke Häuptling Wumba gemütlich. „Ein paar Flecken machen gar nichts. Wir sind hier schließlich auf dem dunklen Kontinent.“

Bernd Fritz galoppierte durch Bagdad, vorbei an riesigen Wandgemälden, die den irakischen Schnullerraub darstellten, und sein eigenes, diabolisches Konterfei griente in Acryl von allen Wänden der Stadt auf ihn herab. Doch er hatte keine Zeit, um die Feinheiten der morgenländischen Propagandamalerei zu würdigen. Zu dicht waren ihm die Verfolger auf den Fersen: brüllende Mütter mit noch wütender brüllenden Säuglingen auf den Armen, enttäuschte Kunden, die den überteuerten Ramsch und Schangel umtauschen wollten, freiwillige Schiiten mit Krummsäbeln, libanesische Drusen mit hohem Fieber, perspektivlose Sunniten, Landsknechte, Gardisten und Musketiere. Obendrüber rappelte die irakische Luftwaffe – dreizehn schrabbelige Hubschrauber und ein Zeppelin, in dessen Cockpit Saddam Hussein saß und den Angriff persönlich befehligte. Der Diktator hatte noch ein ganz privates Hühnchen mit Bernd Fritz zu rupfen. Der Waschbrettbauch, den der Bedarfsgrossist geliefert hatte, paßte vorne und hinten nicht. „Feuer!“ kommandierte Saddam gnadenlos, und eine Salve Gummifletschen prasselte auf Bernd Fritz nieder.

Weit abgeschlagen bei der Hetzjagd auf den Kautschukschurken taumelten Alfredo Funghi und Lungo Metraggio durch den Staub der Stadt, mit hängenden Zungen, zentnerschwere schwarze Baßgeigenkoffer voller Schießeisen hinter sich herschleifend. „Mamma mia!“ jammerte Metraggio, und Funghi fiel mit Stentorstimme ein: „Stronzo! Allora! Que pasa? Allegretto, dottore! E la nave va ...“

Funghi japste. Er konnte nicht mehr. Aber mit leeren Händen, mit Händen, an denen kein Blut klebte, brauchte er Don Miracoli gar nicht erst unter die Augen zu treten. Nach alter Väter Sitte schoß er Lungo Metraggio in den Rücken und sich selbst ins Knie. „Vendetta! Vendetta!“ rief er theatralisch und reckte die Arme gen Himmel. „Squadra Azzuri!“ Das waren die letzten Worte, die man auf Erden von ihm vernahm.

Bernd Fritz hatte sich in eine hohle Dattelpalme geflüchtet und ließ die Stampede der Verfolger an sich vorüberziehen. Bloß gut, daß ich Kangaroos trug, dachte er bei sich und betrachtete seine zerfetzten Treter. Er zog einen Brauseschlauch aus dem rechten Turnschuh und besprenkelte sich.

Was für ein Tag! Erst waren diese beiden Operetten-Itaker aufgetaucht und hatten Miene gemacht, die Werbeschnuller mit Blut abzuwaschen. Dann hatte eine Abordnung des irakischen Müttergenesungswerks Sturm geklingelt. Und seine kompetent betuppten Kunden hatten gedroht, ihm den Piephahn abzudrehen. Seltsam. Niemand schien ihn zu mögen. Dabei war er doch der beste Freund des Menschengeschlechts.

Er rieb sich mit porösem Baumzeug trocken. Die Güzel war alles in Schuld, das hätte er schwören können. Nichts war ihm geblieben bis auf einen faltigen Rucksack, in dem er ein Licher light fand. Er schlotzte es aus und begann zu singen: „Sail away, dream your dream, endlich ich!“

Selbst die Borkenkäfer sahen zu, daß sie Land gewannen.

Schon viele Männer hatten um die Hand von Sophia Miracoli angehalten, der Tochter des Don von Palermo. Doch nur einer hatte die drei Aufgaben gelöst, die der Don den Aspiranten zu stellen pflegte: Karl Prinz von Schinckenstein, ein arischer Zuchthamster aus bestem Stall, mit Spitzenreferenzen und den Taschen voller Geld. Zwischen Sonnenuntergang und Sonnenaufgang hatte er hundert Mercedessterne abgeknickt, drei Carabinieri abgemurkst und aus dem am schwersten bewachten Kaugummiautomaten Siziliens ein Viertelpfund Automatengold stibitzt.

Wäre ihm das mißlungen, hätte er wie so viele vor ihm den schweren Gang zum Betonschuhmacher antreten müssen. Doch Karl Prinz von Schinckenstein wäre nicht Karl Prinz von Schinckenstein gewesen, wenn er nicht sogar aus freien Stücken noch mehr geleistet hätte: Er hatte mit bloßen Händen eine Scheibe Mozzarella aus dem Mond gesichelt und sie Sophia zu Füßen gelegt.

Das war ein Mann nach dem Herzen von Benito Miracoli. Nur allzugern hatte er sein einziges Kind dem jungen Deutschen mit dem alten Geld anvertraut.

Die Hochzeit war die pompöseste Sause seit Caligulas Tagen. Das Olivenöl floß in Strömen. Es gab Cevapčiči und Käsepieker, Fischli Salzgebäck und Ravioli, kandierte Scampi und Cocktailtomaten satt. Dazu trank man, zu

Ehren des deutschen Schwiegersohns, Löwenbräu aus der Dose. Als Dessert wurden Pepperoni aus dem Römertopf gereicht.

Das ist Sinnlichkeit pur, brauste es durch Karls Kopf. Bella Italia! Die haben was drauf!

Vitello Tonnato, ein alter Freund der Familie, sang ein Medley aus Verdi-Arien, Märschen und deutschen Reklame-Jingles: „Wenn der Abfluß mal verstopft ist, ja was ist denn schon dabei, dann nimmt man Abfluß frei, das macht den Abfluß frei ..."

Kurzum, es war ein rauschendes Fest, bis das Bier alle war. Karl von Schinckensteins Lieblingsvettern Fritz und Heinrich hatten noch Durst und stiegen dem Don aufs Dach. „Nu mach ma hinne, Paps!" blafften sie den alten Mann an. „Uns dürstet! Bier her, Bier her, oder du fällst um!"

Der mächtigste Mann Siziliens unterdrückte einen Weinkrampf. Gerade hatte ihn die schreckliche Nachricht vom sinnlosen Tod Alfredo Funghis und Lungo Metraggios ereilt. Er hatte sie geliebt wie sein eigenes Auto. Sie aus der Gosse geholt, als sie noch am Daumen lutschten, und Männer aus ihnen gemacht. Skrupellose Mordmaschinen. Und jetzt das. Es war vorbei.

Müde winkte Don Miracoli seinen Consigliere heran. „Diese Deutschen zeigen keinen Respekt", flüsterte er seinem engsten Vertrauten ins Ohr. „Schick sie weg. Oder schlag sie tot. Ihr Anblick schmerzt mich."

Fritz und Heinrich wurden fortgetragen. „Schweinhunder!" riefen sie enttäuscht. „Bitte zwei Nurnberger Bratwurstl! Jawoll!" Dann wurden sie in aller Stille kompostiert.

„Einer geht noch, einer geht noch rein!" grölte Karl Prinz von Schinckenstein enthusiasmiert, stieß sich einen Käsepieker ins Herz und gesellte sich zu seinen Vettern in die

grüne Tonne. „So stirbt ein deutscher Offizier!“ rief er stolz und verschied.

Sophia Miracoli warf sich in die Arme ihres Vaters und schluchzte. „Papa, Papa, es ist alles so schrecklich!“

„Tochter, Tochter, es ist alles noch viel schrecklicher“, antwortete der Don melancholisch. „Ich bin ein gebrochener Mann. Meine besten Männer sind hinüber, Bier ist alle, und mein ach so langer Arm reicht nicht einmal mehr bis zum nächsten Shell-Shop.“

Doch Benito Miracolis Schicksal hatte sich noch nicht erfüllt.

Bernd Fritz drückte sich in der No-Go-Area von Kabul herum. Er hatte sich einen langen Bart angeklebt und einen Sack Wäsche geschultert. Mehr hatte er bei seiner Flucht nicht retten können.

„Kss, kss, kss“, machte Fritz. „Sexy Slips! Kss, kss!“ Aber auf der menschenleeren Straße reagierte niemand.

Die fetten Jahre sind vorüber, grübelte er betrübt. Was war das nur für ein Land? Die Frauen liefen in Kartoffelsäcken mit vergitterten Sichtschlitzen herum, und die Männer trugen noch dickere Kopfwindeln und noch dichtere Gesichtspelze als irgendwo sonst in der islamischen Welt. Hier in Kabul schien es nicht einmal ein Vergnügungsviertel zu geben, nur heiße Luft und Haß. Alle paar Minuten waren Maschinengewehrsalven zu hören, und auf den Ruinenzinnen standen Muezzins und schrien um die Wette.

Fritz seufzte. Sehnsüchtig dachte er an das flotte Leben im Irak zurück. Weiber, Wurst und Wasserpfeifen! Alles Schöne hatte Gisela Güzel ihm weggenommen.

Und jetzt Kabul. Konnte er noch tiefer sinken?

Ein Pritschenwagen, randvoll mit bewaffneter Kundschaft, brauste heran und bremste scharf. Mehrere Männer sprangen mit Gebrüll von der Ladefläche und umzingelten den Wäschehändler.

Die haben's wohl nötig, dachte Fritz und freute sich auf den Profit. Aber diesmal hatte er sich verkalkuliert. Er war an eine Patrouille der Sittenpolizei geraten.

„Kss, kss, kss", zischelte er noch ein letztes Mal, und dann wurde ihm von einem Milizsoldaten das Gebiß mit dem stumpfen Ende eines Karabiners umgerührt.

„Kff, kff, kff", machte Bernd Fritz und spuckte seine Zischlautzähne aus. „Feckfy Flipf!" Man schüttelte ihn. Aus den Schößen seiner Dschellah rieselten Duftslips auf den gestampften Lehmboden. Die Taliban spießten die Unterbuxen mit Bajonetten auf und freuten sich wie die Schneekönige. Mindestens zwanzig Höschen! Es war ein guter Tag für das Eingreifkommando aus dem Ministerium zur Unterdrückung des Lasters. Für Bernd Fritz war der Tag nicht so gut gelaufen. Maulend ließ er sich verhaften und verfluchte innerlich die Stunde, in der Gisela Güzel geboren worden war, die ausgekochte Kripohexe.

Die Revolutionswächter warfen ihn auf den Wagen und fuhren eilig weiter. Sie hatten noch etwas zu erledigen: Auf dem Friedhof mußten dringend Leichen verprügelt werden.

Bernd Fritz war baß erstaunt, als er sah, was auf dem Friedhof vor sich ging. Ein paar Dutzend Milizionäre wühlten wie verrückt mit Schaufeln in der Krume, rissen Tote aus Brettersärgen heraus und hielten Zollstöcke an die Bärte. Waren sie zu kurz, setzte es was. Wenn es ans Bestrafen ging, war den Revolutionshütern jedes Instrument recht: Kartoffelstampfer, Ochsenziemer, Feuerpatschen, nasse Aufnehmer oder Nudelhölzer. Hauptsache, es knallte. Ein besonders pingeliger Muslim zückte sein Schweizermesser, klappte den Dosenöffner heraus und knackte Urnen. Lagen keine Barthaare darin, vermöbelte er die Asche. Glattrasierte Leichen wurden zerstückelt und aufgegessen. „Yamyam!" riefen die gläubischen Hungerleider und rieben sich ihre Bäuche. „Rache machen! Alle mal lachen!"

Andere Länder, andere Sitten, dachte Bernd Fritz. Jedem Tierchen sein Pläsierchen! Vielleicht sollte er von Slips auf Peitschen, Schlagstöcke und Zick-Zack-Zyllis umsatteln. Damit ließe sich hier sicherlich ein Vermögen machen.

Das Freiburger Dreisam-Stadion war ausverkauft. Günter Grass sollte seinen neuen Roman „Mein Jahrtausend" präsentieren. Das Vorprogramm wurde von Eve Ensler bestritten, die aus ihrem Buch „Die Vagina-Monologe" las. Ihr kleiner Fanblock geriet schon bei der Widmung aus dem

Häuschen: „For Ariel, who rocks my vagina and explodes my heart“.

„Ariel rockt nicht nur sauber, sondern rein!“ rief eine begeisterte Ensler-Anhängerin in violetter Seventies-Kutte. Und dann ging es richtig los. „Meine Vagina singt die Lieder der Mädchen“, rockte die Autorin, „die Lieder mit dem hellen Klang der Ziegenschellen, die stürmischen Lieder der herbstlichen Felder, Vagina-Lieder, vertraute Lieder meiner Vagina ...“

Günter Grass sah auf die Uhr. Schon anderthalb Minuten rum, dachte er verbittert. Dieses Vorprogramm dauerte ihm zu lange. Er wollte immerhin noch dreitausend Seiten vortragen, und seine Fans waren jetzt schon fast vollgelesen. Sie droschen auf ihre Blechtrommeln und sangen schmutzige Lieder.

Durchdrungen von ihrer Mission las die New Yorker Kultautorin weiter: „Hier ist der Ort, um das Wort laut auszusprechen, denn wir wissen, es ist das Wort, das uns weiterbringt und frei macht: Vagina.“

Vagina macht frei? fragte sich Günter Grass. Das paßte eigentlich nicht in sein politisches Koordinatensystem, aber es war ein interessanter Gedanke. Dem alten Bock wurde warm. Hilmar Hoffmann, einer seiner falschen Freunde, sprach aus, was alle Grass-Tifosi im Dreisam-Stadion dachten: „Hey little girl, das Wort, das uns freimacht, heißt immer noch Penis!“ Er drückte kräftig auf die Hupe. „Sinn und Sinnlichkeit!“

„Penis! Penis!“ schrien die Fans.

Eve Ensler war irritiert, doch ihre Übersetzerin behauptete einfach, die häßlichen Schreie seien Anfeuerungsrufe. „They all love you, Eve. Keep on rocking strong!“

Ensler predigte weiter: „Mit vielen Frauen führte ich Gespräche über die Menstruation. Daraus formte sich langsam

WILLKOMMEN
Bapdarap

so etwas wie ein Chor, eine Art leidenschaftlicher kollektiver Gesang. Die Frauen waren sich gegenseitig das Echo. Also ließ ich die Stimmen ineinander bluten, und ich ging im Fließen des Blutes verloren.“ Sie trank einen Schluck Tafelwasser. „Meine Vagina war ein lebendiges feuchtes Wasserdorf. Meine Vagina war schwatzhaft. Meine Vagina war grün, Wasser, weichrosa Felder, eine Kuh, Muhen ...“ Als das Muhen verhallt war, setzte Eve Ensler zu ihrem finalen Scheidengedicht an:

Das Herz ist in der Lage zu opfern.
Wie die Vagina auch.
Das Herz ist fähig zu vergeben und
wiedergutzumachen.
Es kann seine Form verändern
um uns hereinzulassen.
Es kann sich ausdehnen, um uns herauszulassen.
Wie die Vagina auch.
Es kann Schmerzen auf sich nehmen für uns und sich
anstrengen für uns, sterben für uns
und bluten, uns herausbluten in diese schwierige Welt.
Wie die Vagina auch.

„So. Das genügt“, sagte Grass und jagte die Mädchen von der Bühne. „Jetzt rede ich!“

Das Stadion kochte. Der Romancier las wie im Fieber. Die Stunden verflossen, und die Fans begossen das Spektakel mit Bohneneintopf und kaschubischem Fusel.

Bescheiden erhob sich der Nobelpreisträger. „Auf Millennium wünschte ich die Meisterschale mir. Mit meiner Wenigkeit als Trainer wird der SC Freiburg deutscher Meister. Zickezacke, zickezacke, hoi hoi hoi!“

Als Dietrich zur Nedden Wind von der Sache bekam, fiel

er aus allen Wolken. Früher war er Pressesprecher des Vereins gewesen, jetzt lebte er als Privatier in Hannover, der Stadt der Gegensätze. Doch sein Herz hing immer noch am SC Freiburg. Mein Verein und diese Pfeife, dachte er empört. Ich kann gar nicht so viel trinken, wie ich heulen möchte! Er holte seinen abgesägten Teppichklopfer aus dem Apothekenschrank und machte sich auf den Weg.

Als erstes wechselte Günter Grass den gesamten Kader aus. „Neue Besen kehren gut!" hatte er Vereinspräsident Stocker gesteckt und neue Spieler verpflichtet: Regine Hildebrandt und Björn Engholm fürs Mittelfeld, Heide Simonis als Libera und Konstantin Wecker als Goalgetter. Im Tor stand die Urne von Willy Brandt.

Stocker war nicht restlos überzeugt. „Ich weiß nicht, ich weiß nicht. Let's face it, Günter! Fehlt diesen Spielern nicht die nötige Erfahrung?"

Grass lachte verschmitzt. „Das lassen Sie mal meine Sorge sein. Diese Spieler sind wie ungeschliffene Diamanten. Aber ich werde sie schleifen, bis ihnen das Wasser sonstwo kocht. Ich trieze meine Jungs! Naja, wen wundert's. Ich bin ein Mann des vorigen Jahrhunderts."

Im Trainingslager zog Grass das volle Programm durch:

Zirkeltraining, Räuberleiter, Kerze, Handstandüberschlag, Medizinball-Weitwurf, Felgaufschwung, Standwaage und Spurts durch Treibsand. Die Bande war in einem erbärmlichen Zustand. Heide Simonis fächelte sich mit ihrem wagenradgroßen Sombrero Frischluft zu. „Das ist hier nicht das Treffen in Telgte!" bellte Grass und hetzte seine Traumelf über den Schlackeplatz. „Wenn ich gewollt hätte, daß du im Tagebuch einer Schnecke vorkommst, hätte ich dich reingeschrieben!" schnauzte er Konstantin Wecker an, der sich gekrümmt dahinschleppte und mit der Nase fast die Linie berührte.

Selbst abends gab der Schleifer keine Ruhe. Die Truppe schlief in Doppelstockbetten auf dem Strohsack und mußte sich bis 22 Uhr die Danziger Trilogie vorlesen lassen. Dann kam der erlösende Zapfenstreich: Nachtruhe bis um fünf. Doch es war noch Dampf unter der Decke. Wecker kratzte Kleingeld für ein Päckchen Overstolz zusammen und stahl sich aus dem Klofenster. Engholm, der ihn verpfeifen wollte, hatte er die Faust unter die Pfeife gehalten: „Willste mal riechen? Riecht nach Friedhof!"

Dann schlich er sich zum Mädchentrakt, wo Heide Simonis und Regine Hildebrandt über einer Schachtel Edle Tropfen in Nuß die Köpfe zusammensteckten und kicherten. Gerade legte Regine Hildebrandt ihre neue Trense ab, da polterte Wecker ins Zimmer. „Na, eine paffen?" fragte er keck, als ihn die gewaltige Pranke von Günter Grass um die Gurgel griff.

Wecker war auf der Stelle örtlich betäubt und spürte die Senge nicht, die auf ihn herniederfuhr. „Mir tut das selbst am meisten weh", greinte Grass. Zwei große Krokodilstränen tropften von seinen Schnurrbartspitzen auf die Teppichfliesen. Dann kriegten auch Simonis und Hildebrandt eine gefenstert. „Soziale Gerechtigkeit ist für mich eine conditio sine qua non", dozierte Grass und verhängte das Kriegsrecht. „Eines Tages werdet ihr mir dafür danken!" Er knallte die Tür zu. Den Rest der Nacht sorgte er sich ganz schrecklich um Deutschland.

Doch trotz all dieser Mühen ging schon das erste Heimspiel verloren. Auch zahlreiche Glanzparaden von Willy Brandt konnten den Endstand von 0:96 nicht verhindern. Unterhaching ging als Sieger vom Platz, während Grass seine Felle davonschwimmen sah.

Und so geschah das Wunder. Unter seinem Trainer Günter Grass stieg der SC Freiburg innerhalb einer einzigen Saison von der Bundesliga in die Kreisklasse ab.

„Wie konnte das passieren?" grübelte Stocker und betrachtete traurig den vorgekühlten Champagner. Es wäre besser gewesen, wenn Stocker den Trainer kaltgestellt hätte. Aber jetzt war das Kind in den Brunnen gefallen. Sein Kind, der SC. Der verrückte Kaschubiak hatte alles kaputtgemacht.

Nach einem ernüchternden 0:60 gegen irgendwelche alten Kuttelkicker trommelte Grass die Presse zusammen. Vor Wut auf die Flaschen, die ihm seinen Traum von Pott und Schale verpfuscht hatten, verfiel er in seinen alten Heimatdialekt: „Ich habe Butt!"

Die versammelten Edelfedern spitzten die Ohren. Marion Gräfin Dönhoff reinigte sogar ihr Hörrohr. Sie war auf der Draisine direkt von Trakehnen nach Freiburg gestrampelt, aus alter Liebe zu Günter Grass und zum Schalker Kreisel. Doch was sie jetzt durch ihr Lorgnon sah, war nicht mehr ihr alter Freund, mit dem sie anno Tobak im Zweispänner durch Deutschland getingelt war, um das Kiesinger-Regime zu stürzen. Das war nur noch ein Trümmerhaufen im Trainingszug, der Fan-Schals und Freundschaftsbänder trug und schwitzte wie ein Eimer Kartoffelsalat.

Tief enttäuscht verließ Thomas Assheuer die Pressekonferenz. Er hatte genug gesehen, sprang in seinen frisierten Tempi Passati und gab Gummi.

Grass kaute auf seinem Teerkocher und rang. Mit sich und der Welt. Aber nicht mehr lange. Aus der Menge der Journalisten drängte sich der Rächer nach vorne: Dietrich zur Nedden.

„Talking is over. Action's on!" knurrte der gutgewachsene Niedersachse, entsicherte den doppelläufigen Teppichklopfer, lud durch und gab dem Gdansker Saures. Grass riß aus und war im Handumdrehen über alle Berge.

Präsident Stocker kullerten Tränen der Freude übers Gesicht. Bewegt zog er zur Nedden an die Brust und sagte: „Ende gut, alles gut. Du kannst noch heute wieder bei uns anfangen. Als Spielertrainer. Und schmeiß die pummeligen Sozis raus! Die Urne kannst du ihnen hinterherpfeffern!"

Wolf Biermann tüftelte im Studio an seiner neuen CD. „Busenfeinde und Todfreunde" sollte sie heißen. Nur die politische Frühlingsballade brauchte noch den letzten Schliff. „Hier war einmal der Todesstreifen / Dort seh ick nu die Kirschen reifen / Det macht der Lenz / doch Egon Krenz ..."

Biermann hatte einen Hänger. Krenz, Krenz, brodelte es

in ihm. Wieso darf der im Knast überhaupt noch frei herumlaufen?

Biermann rief seinen Anwalt an. „Was kostet es, die Todesstrafe wieder einzuführen?“

„Zweidrittelmehrheit im Bundestag“, rechnete Arnold Vaatz ihm vor. „Das macht über den Daumen gepeilt einen Riesen.“

Der Blödelbarde schlachtete sein Sparschwein. Wehmütig betrachtete er einen Tausendmarkschein. „Ruhig, Brauner“, sagte er und streichelte ihn zärtlich. „Es ist für einen guten Zweck.“ Er schob den Schein in einen Umschlag, legte ein paar gebrauchte Verse dazu und schickte alles an den Präsidenten des Deutschen Bundestages.

Eine Woche später war die Todesstrafe wieder eingeführt. Als erster sollte Krenz aufs Schafott. Biermann frohlockte und konnte endlich wieder dichten: „Det macht der Lenz / doch Egon Krenz / werd ick ’n duften Nachruf pfeifen.“

Während die Guillotine von einem Ostbetrieb mehr schlecht als recht zusammengezimmert wurde, saß Johannes Rau in einer Hollywood-Schaukel auf der Terasse von Schloß Bellevue. Er las die Post, nippte an der Altbierbowle und tupfte sich mit einem Sechzehnjährigen die Schweißperlen von der Stirn. Frank Schirrmacher hatte ein Gnadengesuch eingereicht: „Egon Krenz ist ein Ehrenmann. Dafür lege ich meine Walser-Gesamtausgabe ins Feuer.“

Schirrmacher, dieser Abspannkucker! Rau spie aus. Gnade, Gnade, Marmelade! Auf dem Ohr bin ich taub! Jesus Christus ist schließlich auch nicht begnadigt worden. Das weiß ich aus Bad Boll, dachte der Präsident versonnen und erinnerte sich an herrliche Wochenendseminare in der evangelischen Akademie. Margarinebrote, Bibelarbeit und knisternde Erotik am kalten Kamin. Das alles gehörte nun der Vergangenheit an. Johannes Rau war ein anderer geworden:

ein Elder Statesman mit einem Herzen aus Urgestein und einem Hals wie ein Fensterleder.

Auch Hauptkommissar Hunter hatte Post bekommen: Egon Krenz bat um eine spezielle Henkersmahlzeit. Brot mit Feile, nach einem alten mecklenburgischen Rezept. Hunter hatte ein komisches Gefühl. „Was meinen Sie, Herr Schnabel? Ob da was faul ist an der Sache?"

„Hin ist hin", salbaderte Schnabel. „Geben Sie dem Mann doch, was er will. In drei Tagen liegt die Runkel unten. So oder so."

Egon Krenz war platt. Der alte Stasi-Trick hatte tatsächlich noch einmal funktioniert. Der diensthabende Scherge schob ihm das Brot in die Zelle. Es war ein Zonenbrot aus der Vorwendezeit. Krenz warf es gegen die schwedischen Gardinen, die in tausend Stücke zersprangen. Dann zwängte er sich durchs Fenster und sprang auf die Straße hinab, in die Freiheit. Als erstes raubte er ein paar Kinder aus und kaufte sich von dem Geld eine kurze Hose. Der ehemalige FDJ-Chef fühlte sich pudelwohl in seiner Orangenhaut. Die trug er allerdings erst seit 1989, denn Südfrüchte hatte es vorher ja nicht gegeben.

„Soso, Herr Schnabel. Die Runkel ist also runter, ja?“ Kommissar Hunter hatte wegen der Flucht von Egon Krenz einen Blauen Brief von Innenminister Schily gekriegt und war entsprechend stinkig.

Schnabel wurde frech. „Das geht jawohl ganz allein auf Ihre Kappe. Was kann ich dafür, wenn Sie sich Mauer-Egon durch die Lappen gehen lassen? Mir ist sowieso schon aufgefallen, daß Sie nicht gerade von der flotten Truppe sind. Oder haben Sie Jakob Moneta inzwischen gefaßt?“

Jakob Moneta! Damit hatte Schnabel Kommissar Hunters wunden Punkt getroffen. Seine Nemesis. Der Jagd nach Moneta hatte der Kommissar die besten Jahre seines Lebens geopfert, ohne zählbaren Erfolg. Aber die Schnabels dieser Welt hatten nicht das Recht, darauf herumzuhacken und sich das Maul zu zerreißen.

Äußerlich schien diese Insubordination Kommissar Hunter kalt zu lassen, doch innerlich briet er. In weiser Voraussicht hatte er Schnabel ein Visum für Bagdad und einen Satz fingierter Papiere besorgt. „Wir machen uns große Sorgen um Gisela Güzel“, sagte Hunter. „Sie ist auf Wäsche-Fritz angesetzt und im Orient unterwegs. Wir sind ohne Nachricht von ihr. Sie müssen sie finden. Die Maschine geht in einer Stunde. Und wenn ich Ihnen einen persönlichen Rat geben darf: Ziehen Sie sich warm an. Das ist ein heißes Pflaster da unten."

Da unten? Heiß? Die Sache schmeckt mir, dachte Schnabel und strich sich über den Lachs.

„Adieu", flötete Kommissar Hunter fröhlich, als Schnabel sich subtrahiert hatte. „Dich bin ich los. Das war ein One-way-Ticket, du Trollo! No deposit, no return. Mit deinem Grips überlebst du in Bagdad nicht mal die erste Nacht."

Aber Schnabel verflog sich. Er landete in Teheran. Jetzt war guter Rat teuer. Schnabel schwitzte. Die Outdoor-Nordpol-Thermo-Trekking-Wäsche, die er auf Geheiß des Kommissars angeschafft hatte, war bei 45 Grad im Schatten nicht ganz das Richtige. Tausend Moppen hatte die Kledage ihn gekostet. Es ging ihm schlecht. Er war riemig und hatte Brand.

Am Flughafenkiosk gab es nur Skorpionbrei und Kaktuseiter. Die Zunge klebte Schnabel am Gaumen, doch sein legendäres Näschen hatte ihn nicht verlassen. Er witterte Alkohol und folgte den Wegweisern zum Uni-Klinikum.

Der Pförtner fiel auf die falschen Papiere herein. In der Pathologie fand Schnabel, was er brauchte: große Gläser mit eingelegten Gliedmaßen. Doch es waren nicht die Extremitäten, nach denen es Schnabel gelüstete. Der geläuterte Blaukreuzler wollte an den Sprit. Routiniert setzte er einen Fünf-Liter-Bottich an und leerte ihn in einem einzigen Zug. Der eingelegte Bart eines Propheten rutschte Schnabel vor den Hals und paßte wie angegossen. Der Kriminalassistent sah jetzt aus wie Bin Laden. „Bin gleich wieder da!" rief er, drehte eine Ehrenrunde durch die Sezierstube und pirouettete zum nächsten Taxistand.

„Mach ma hinne, Achmed!" Schnabel haute dem Fahrer seine Fahne um die Ohren und verpestete die Karre mit

Methylgeruch. „Ich such 'nen Hut für meinen elften Finger, Buddy. Übrigens: Gas ist rechts!"

Der Taxifahrer wußte, was er zu tun hatte. Er lud Schnabel vor einer Touristenfalle in der Nähe der Mullahdeponie ab. „Zum rasierten Kamel" stand in Leuchtbuchstaben über dem Eingang.

Schnabel polterte hinein. „Klingelingeling, hier kommt der Eiermann!" börpste er ins Lokal. „Hab auch 'nen Heiermann für süße Girls ..."

Totenstille brüllte ihm entgegen. Schnabel schielte um sich. „Wassen das fürn lahmer Zock? Bin ich hier auf 'ner Beerdigung?"

„Ja. Auf deiner eigenen", grummelte ein abgerockter Mullah, der sein Deutsch in den Hermann-Göring-Werken gelernt hatte.

Schnabel kapierte nicht. „Ohren auf, du Wüstenlude! Laß die Puppen tanzen, sonst entzieh ich dir die Konfession!"

Solche Sprüche waren für den Mullah ein echter Schlag ins Kontor. Unterhalb der Gürtellinie war bei ihm Sense. Er wollte schon nach den Häschern winken, da erkannte er den Bart, den Schnabel trug. Es war der Bart des Propheten Halimasch, eine hochwertige Reliquie. Sogar das Wollsiegel war noch dran.

„Das sollst du büßen, Christenköddel!" schrie der Mullah. „Wie einst Kara Ben Nemsi!"

Schnabel blickte noch immer nicht durch. „Mir doch egal, wie die Puppe heißt. Ich nehm sie! Ich nehm sie alle!" Er stimmte ein Lied an, das ihn seit seinem ersten Samenerguß begleitet hatte, wenn nicht sogar beglitten:

Girls, Girls, Girls!
Girls, Girls, Girls!
Shy Girls, sexy Girls,
wohlgeformt oder bucklig,
ich find sie alle einfach schnucklig.
That's the word!
Dry Girls, wet Girls,
mit Tschador oder ohne,
das interessiert mich nicht die Bohne.
Spitz, paß auf!
Wenn ich ein Girl ausgelutscht hab
und es beschmutscht hab,
nehm ich das näääächste.
Girls, Girls, Girls!
Girls, Girls, Girls,
Girls, Girls, Girls, Girls, Girls ...

Schnabel sang und steppte sich um sein Leben. „Und jetzt laßt endlich die Mullahmiezen rüberwachsen!"

Für Fälle wie ihn hatten die Perser nur eins übrig: eine gut sortierte Löwengrube. „Miezen? Sollst du haben", hieß es nun. Man zeigte ihm den Weg.

Optimistisch hopste Schnabel in die Grube. „Salam aleikum", grüßte er die Raubkatzen galant. Mehr hat man auf dieser Welt von Alexander Schnabel nicht gehört. Eins mußte man den Mullahs lassen: Vom Showgeschäft verstanden sie was.

Nachdem ihm der Ausbruch gelungen war, wollte Krenz Revolution machen. Wie Che Guevara. Er verzog sich in den Thüringer Wald und gründete ein Basislager. Während er durch den Wald schritt, pfiff er laut und nicht immer ganz richtig sein Leib- und Magenlied:

Lustig ist das Räuberleben
In dem grünen Wald, juchhei!
Da braucht niemand achtzugeben
Auf die Polizei-zwei-drei!
Da braucht niemand achtzugeben
Auf die Polizei!

Zulauf zu seiner Bande bekam Krenz nur äußerst spärlich. Aus Verzweiflung machte er sich an Pilzsammler heran und agitierte sie nach Strich und Faden. Schon nach wenigen Wochen führte er eine dreiköpfige Truppe an, in der er mit Abstand der Jüngste war. Was schmerzlich fehlte, waren Waffen und Weiber. Doch Tanja Bunke und Racke Rauchzart blieben fern, fern, fern.

Stattdessen gesellte sich ein überaus unwillkommener Sozialdemokrat zu den Guerilleros: der aus Freiburg geflohene Günter Grass. Kaum angekommen, machte er

Krenz die Führungsrolle streitig. Der Plan, in Gera einen Copy-Shop zu überfallen und zehntausend T-Shirts mit dem Gesicht von Krenz zu bedrucken, wurde von Grass gemein hintertrieben. „Ich muß noch ein paar Hinkelsteine ausliefern", behauptete er, doch in Wirklichkeit ging er singen.

Auf dem Forstamt bezichtigte er Krenz des Waldfrevels. Bald darauf durchkämmten Hundertschaften von Hubertusjüngern und Wachschutzsheriffs das Gehölz. Die Blauhemd-Partisanen wurden aufgerieben. Nur Egon Krenz entkam durch die Drainage und wurde am Zürichsee wieder an Land gespült.

Dort wartete bereits sein alter Verleger Gerd Haffmans mit einem neuen Knebelvertrag. Krenz japste nach Mund-zu-Mund-Beatmung, aber Haffi hielt ihm nur den Kuli hin. „Erst unterschreiben, Freundchen!"

Krenz gehorchte widerstrebend. „Müssen wir nicht erst über den Vorschuß reden?"

„Genau!" versetzte Haffmans. „Zweitausend bar Kralle. Her damit! Vorher fange ich gar nicht erst an zu verlegen!" Aber Krenz war blank. Die Kriegskasse der Thüringer Freischärler hatte sich Günter Grass unter den Nagel gerissen.

„Mir egal!" Haffmans machte eine wegwerfende Handbewegung. „Unterschrieben ist unterschrieben! Wiederholen ist gestohlen! Pacta sunt servanda!" Er schleifte Krenz an beiden Ohren vor den Europäischen Gerichtshof und ließ ihn dort abermals zum Tode verurteilen. Damit hatte Krenz nicht gerechnet. Der alte Märtyrer war ganz schön eingeschnappt.

Noch am selben Tag wurde Krenz unter notarieller Aufsicht des gewieften Rechtspflegers Joachim Kersten styroporisiert und zu Lottokugeln verarbeitet. Penibel überzeugte sich Kersten, der bei Haffmans im Brot stand, vom ordnungsgemäßen Zustand der Kugeln.

„Wuach wuach wuach!“ lachte Haffmans Krenz hinterher. „Beim Mittwochslotto sehen wir uns wieder!“

Afghanistan war ein gastfreies Land: Es gab keine Gäste und keine Hotels. Der Mullah war sich selbst genug.

Gisela Güzel hatte sich talibanisch verkleidet und schritt durch ein Spalier von Marterpfählen, an denen man alles gekreuzigt hatte, was Menschen Spaß machte: Seidenstrümpfe, Plattenspieler, Micky-Maus-Hefte, Autogramme von Harald Norpoth und Helmut Haller, Starschnitte von T. Rex und Festus, Liebesbriefe, Champagner und Käpt'n Nuss. Kopulierende Heuschrecken wurden von fliegenden Sittenwächtern ambulant kastriert. Es lag nicht die geringste Musik in der Luft.

In der Dämmerung sah Gisela Güzel einen runden Mann auf einem Rennrad durch die Gassen hummeln. Er trug kurze Hosen und entpuppte sich als wilder Plakatierer. „Muschi entlaufen“, stand auf den Zetteln, die er an die Grottenwände klebte. „Sie hat ein weiches Fell und ganz kleine Ohren. Hohe Belohnung. Horst Tomayer, postlagernd Hamburg.“ Darunter war eine schöne Möse abgebildet. Mit heißen Reifen kurvte der Mann durch Kandahar, verfolgt von Taliban, die schlecht zu Fuß waren. Um nicht aus der Übung zu kommen, hatten sie sich gegenseitig die Mauken bastoniert.

Der Mann, den sie jagten, war das meistgesuchte Filou im Hindukusch, und Gisela Güzel schloß ihn sofort in ihr Herz. Sie hätte gerne eine Sinalco auf sein Wohl getrunken, doch in ganz Kandahar gab es nur Moscheen, Waffengeschäfte und Folterkeller. Nach langer Suche entdeckte sie eine Imbißbude. „Bei Mampf-Fred" stand in Araberkrakeln obendrüber. Feilgehalten wurden frittierte Blindschleichen, Spinnenratatouille und Krokodilpisse. Gisela Güzel verzichtete dankend und irrte weiter.

Schließlich stiefelte sie die Stufen zu einem Hamam hinunter, einem Badehaus, wo sie um ein Glas Leitungswasser bitten wollte. Der Mann, der ihr die Tür öffnete, kam ihr seltsam vertraut vor. Es war der Wäsche-Fritz. Obwohl er sich als Bademeister verkleidet hatte, erkannte sie ihn auf Anhieb.

„Sprechen Sie deutsch? Ich bin ein Talib aus Völklingen", murmelte die Kommissarin in ihren Karnevalsbart.

„Was sehen meine entzündeten Augen? Ein Landsmann! Sicher zahlungskräftig!" Bernd Fritz komplimentierte sie herein und tischte ihr Tee und Lügen auf. „Ich bin ein weitgereister Mann und habe es nicht immer leicht gehabt im Leben. Früher habe ich mal Sofas aus Latex mit fingerlangen Noppen verkauft und war selbst mein bester Kunde. Am besten lief die Milchtütenverschließklammer. Das war eine Gummikappe in Eutergestalt. Zuletzt hatte ich leider einige kleinere Differenzen mit Geschäftspartnern in Kabul." Er deutete auf seine wackeligen Zähne. „Doch jetzt habe ich mir eine neue Existenz aufgebaut. Als Masör."

„Das ist ja hochinteressant“, sagte Gisela Güzel, gähnte und ließ den Kleinkriminellen weitersabbeln.

„Da vorne ist der göbek taşı, der Nabelstein“, sagte Bernd Fritz. „Wenn Sie sich auf den warmen Marmor legen, werde ich das peştamal über die einzige Stelle Ihres Leibes breiten, die ich nicht waschen und massieren werde. Ich bin ein alter Fuchs in der Wellnessbranche. Sie werden sich wundern, wenn ich mit enormer Lungenkraft den köpük torbası aufblasen werde, jenen spektakulären Leinensack, den ich hernach über Ihrem erwartungsfrohen Körper auswringen werde. Alsdann, Dottore! Machen Sie sich frei. Gegen Vorkasse mache ich alles. Auch den Imam vom Hamam.“ Er zeigte ein Lächeln aus Griebenschmalz.

Klickend schlossen sich die Handschellen um seine Knochen. „Sie sind verhaftet“, sagte Gisela Güzel. „Ich werde Ihnen jetzt Ihre Rechte vorlesen. Oder Ihre Unrechte, wie man hier in Kandahar sagt.“

Im Rahmen eines Gefangenenaustausches war Hans-Olaf Henkel von Scharbeutz nach Sing Sing verlegt worden. Ihm war sehr leicht ums Herz. „Sing, sing a song of joy“ – das ließ er sich nicht zweimal sagen. Im Gefangenenbus ging er sein Repertoire durch: „Rosamunde“, „The first cut is the deepest", „Verdamp lang her", „Hoch auf dem gelben Wagen", „That's why they call it the blues"...

Nicht schlecht für den Anfang. Henkel freute sich schon auf den Kontakt mit seinem Publikum. Intime Atmosphäre, schwere Jungs, street credibility – genau wie bei Johnny Cash in St. Quentin. Und das im angesagtesten Knast der Welt. Sing Sing war ein anderer Schnack als das Schullandheim Scharbeutz.

Gleich am ersten Abend hatte Henkel einen Gig. „There's gonna be a gang-bang tonight. You wanna join in, man?" fragte ihn ein Zellennachbar. Der Mann machte einen aufgeweckten Eindruck mit seinem tätowierten Rumpf: Nixen, Anker, Hakenkreuze und Haschkeksrezepte gaben sich ein illustres Stelldichein auf seiner Haut.

Der Bursche hat was, dachte Henkel. „Sounds interesting", sagte er. „Can I sing?"

Der Mann musterte ihn vom Scheitel bis zur Sohle. „Sure you will", sagte er und lächelte freundlich.

Bernd Fritz schrie ganz Kandahar zusammen. „Verrat! Dieser Mullah spielt falsch! So helft mir doch!" Gisela Güzel brachte den Krakeeler mit einem Nasenstüber zum Schweigen und forderte über Funk Verstärkung an.

Wachtmeister Alois Dimpfelmoser, der den Notruf empfing, zögerte nicht eine Sekunde. Unverzüglich sattelte er sein Dienstpferd Bronco und ritt los. Wenn ich mich ranhalte, überlegte Dimpfelmoser, brauche ich von Tauberbischofsheim nach Kandahar nicht mehr als ein paar Stunden. „Halten Sie durch! Hilfe ist unterwegs!" rief er ins Funkgerät und gab Bronco ein Stück Zucker. Im gestreckten Galopp ging die Jagd dahin.

Die erste Verschnaufpause legte Dimpfelmoser in Stambul ein. Er schnallte Bronco den Hafersack um, nahm die Pickelhaube ab, wischte sich mit einem frischen Schnupftuch über die Stirn und betrat ein Teehaus. Mit klirrenden Sporen ging er zum Tresen und bestellte eine Ochsenschwanzsuppe. „Aber bitte nicht von Unox. Und dazu ein schönes Hefeweizen!"

Die Tresenmatrone schnitt ein Gesicht wie sieben Tage Regenwetter. „No way, Alter", sagte Heidi Kabel. „Dafür bin ich nicht in die NS-Frauenschaft eingetreten, daß du dich hier vollaufen läßt." Die beliebte Volksschauspielerin war jüngst nach Stambul emigriert, weil ihr das politische System in Deutschland schon seit 1945 nicht mehr recht behagt hatte. „Hier gibt's nur Stichling in Aspik und Hagebuttentee!"

Dimpfelmoser hißte ein Paar Brauen, die geringere Männer als Rasierpinsel verwendet hätten. „Hör mal zu, du BdM-Hyäne", sagte er. „Du kommst jetzt mal lieber in die Puschen und tust, was ich dir sage. Das ist besser für uns beide."

Diesen Ton verstand das alte Blitzmädel und flitzte in Teufels Küche.

Alois Dimpfelmoser wurde schwer ums Herz. Warum nur waren die Menschen so, daß man immer erst mit ihnen schimpfen mußte? Er wäre viel lieber als Mister Nice Guy in die Geschichte der Menschheit eingegangen, als von früh bis spät den Taffen raushängen zu lassen. Den Brüdern in Kandahar würde er sicher auch eine gewaltige Standpauke halten müssen, bevor sie zur Vernunft kämen. Wenn nur der lieben Kollegin Güzel nichts zustieß! Ein feines Mädchen. Ganz anders als der Ohnsorgdrachen hier, der ihm jetzt die Suppe hinstellte und strammstand.

Das Weizen war schal, und die Suppe schmeckte nach Winterhilfswerk. Dimpfelmoser warf ein paar Münzen auf den Tisch und machte die Biege. Der Magen hing ihm auf halb acht. Auch der sensible Bronco spürte, daß der Wachtmeister noch immer mächtig Kohldampf schob. Umso schneller klabasterte das treue Tier auf den Rubikon zu.

„If you wanna sing out, sing out, and if you wanna be free, be free“, trällerte Hans-Olaf Henkel und begleitete sich dabei auf seinem Skifflebrett. Das Publikum reagierte ungewöhnlich kühl. Pi mal Daumen waren dreihundert Knackis gekommen, die zusammen mehr als eine Milliarde Jahre Knast auf die Waage brachten.

Henkel blieb unverdrossen. Er hatte noch ein paar echte Bringer in petto: „Wähle 3-3-3 auf dem Telefon“, „Green green grass of home“, „Polonaise Blankenese“,

„Bridge over troubled water“ und „Sabinchen war ein Frauenzimmer“.

Die ersten Rasierklingen schwirrten ihm um die Ohren. Beklommen durchwühlte Henkel sein Gedächtnis nach einem Song, der die Herzen dieser harten, aber im Grunde doch guten und braven Männer erweichen könnte. Was sie brauchten, waren Team Spirit und Leadership. Und Lieder. Lieder wie „Brother Louie Louie Louie“. Henkel gab jetzt alles.

Die anwesenden Luden, Mörder und Halsabschneider waren nicht amüsiert. „Listen, man!“ rief ein dreimal Lebenslänglicher, der wegen Bratwurstdiebstahls einsaß. Er zückte eine Stimmgabel. Es wurde kirchenstill in der Kantine. Dann intonierten die Häftlinge ein Lied, das sie immer gern sangen, wenn es galt, einen Frischling in die Mysterien ihrer Bruderschaft einzuführen: „It's not time to make a change, just relax, take it easy, altes Haus, you're still young, that's your fault, there's so much you have to know ...“

Während sie noch sangen wie die Engel, bewegten sich die bulligen Kerle auf Henkel zu. „Take your time, think a lot, why think of everything you've got, for you will still be here tomorrow, but your dreams may not ...“

Henkel zweifelte an seiner Menschenkenntnis. Sollte er sich so in seinen neuen Freunden getäuscht haben? Als er umzingelt war, sang er tapfer zurück: „How can I try to explain, cause when I do he turns away again, it's always been that same, same old story ... From the moment I could talk, I was ordered to listen, but I know, there's a way, yes I know that I have to go away, I know I have to go ...“ Er packte seine Siebensachen und wandte sich zum Gehen. Doch ließ er sich nicht lumpen und schmetterte noch einen Bonus-Track: „Wenn der Teekessel singt und der Gold-Teefix duftet, hat man's gut, hat man's gut, ja dann hat man's wirklich gut – ja dann, dann Haffmans gut ..."

„Haffmans?" kreischte ein Verbrecher. „I know that guy! He betrayed me! Printed my essays and never paid me a single Franken. Revenge!"

Henkel ging die Muffe bis New Jersey. „It was great fun", druckste er mulmig. „God bless you! And if you go home, please don't drive drunk ..."

Der Scherz kam nicht an und Hans-Olaf Henkel nicht davon. Irgendwo wurde irgendwann in irgendeinem Vorort irgendwie ein Baby geboren. Keiner weiß, was dann geschehen ist.

Bevor Gisela Güzel ihn abführen konnte, hatte Bernd Fritz sie verpfiffen und war auch noch stolz darauf. Jetzt saß sie in einer der zahllosen Todeszellen der JVA Kandahar. Die Steinigung der Kommissarin war für sieben Uhr morgens angesetzt. Gisela Güzel studierte die Graffiti an den Zellenwänden. „Rutschky was here", „Frau Wirtin hat auch einen Mullah, den zieht sie gern an seinem Puller", „Tod den Ungläubigen!", „If you think Islam is funny, pray to me and save the money!"

Der Zellenfernseher sprang an. Das war mal wieder typisch Islam: Leuten, die heimlich Fernsehen kuckten, einen

Rutschky
was
here
PRAY TO
SAVE
YOU
liebe Einge-kehr-kerte
IST DOOF

Knick in die Optik machen, aber Gefangene mit brüllend lautem Kabelfernsehen foltern. Zuerst wurde die afghanische Nationalhymne gequäkt: Fatwa Abraham sang das Lied der Stümpfe, die beliebteste Melodie im Wenigvölkerstaat Afghanistan. Die Werbung brachte kaum Erleichterung. „Neu auf der Kloppe-Hotline: Allahu akbar!" gifteten Stimmbruchstrolche im fliegenden Wechsel. „Profi-Propheten jetzt noch extremer", „Mullah-Sofortkontakt von zart bis hart, strenge Erziehung, straffer Stundenplan, Koranschule Kabul!" Anschließend knurrte der Männergesangverein Babylon die Oldies „Mullahs mögen Mollies" und „Hey Mister Taliban, tally me Banana" – natürlich auf arabisch. Und bei Mullahmissimo wurden nackte Gliedertiere roh verspiesen. Fortgesetzt wurde das Programm mit dem Gänsehautschocker „Der Mullah von Bullerbü".

Ein Papierflieger kam durchs Zellengitter gesegelt. Gisela Güzel faltete ihn auseinander und las: „Liebe Eingekerkerte! Die Rettung ist nah! Verzage nicht!" Unterschrieben hatte das Blatt „Einer, der es gut mit dir meint".

Die Kommissarin kombinierte blitzschnell. Konnte sie Freunde in Kandahar haben, dem Mekka der Doofen? Im Gefängnishof drückten sich allerlei Mullahs herum und übergossen einander mit Haarwuchsmittel. Lange Bärte wuchsen ihnen aus den Nasenlöchern und den Ohren. Auch Brauen und Wimpern hatten Mullahmatratzenformat. Fakire und Kalifen hauten sich mit Begeisterung gegenseitig in die Fresse. Gisela Güzel schmunzelte. „Kandahar, die Stadt der Gegensätze", hatte es im Baedeker geheißen.

In der Mitte ihrer Zelle hob sich eine Bodenplatte. Darunter tauchte der sympathische Radler auf, den sie am Nachmittag die Mullahs hatte narren sehen. „Hier Firma Tomayer", sagte der Galan. „Ich habe mir erlaubt, einen

Fluchtstollen zu graben. Darf ich bitten? Am anderen Ende wartet ein reichgedeckter Tisch auf uns."

Das ließ sich Gisela Güzel nicht zweimal sagen. Unten im Stollen stand Tomayers Rennrad. Die Kommissarin pflanzte sich auf den Lenker, und Tomayer peste los, mit einem Affenzahn. „Manch Extraschmätzchen Öl", rief er bei rasender Fahrt, „hat die Kette gefettet!"

Der Dynamo rauchte, und wenig später waren sie am Ziel. Der Stollen endete im Faßkeller von Tomayers Stammlokal „Kö-Pi" in der Hamburger Rappstraße. Oben in Buchte 5 bog sich der Tisch unter gebratenen Tauben, Rebhühnern, Endiviensalatschüsseln und Sieben-Minuten-Bieren.

Gisela Güzel ließ sich's wohl und den lieben Gott einen guten Mann sein, versenkte ihr Funkgerät in einem vollen Bierglas und sagte: „Feierabend, Kinnings. Jetzt beginnt der gemütliche Teil."

Das stimmte, denn ein strahlender Mann betrat das Lokal, winkte Tomayer zu, bestellte am Tresen eine Flasche Meursault und gesellte sich zu den glücklichen Flüchtlingen. „Nambd, Tom! Schön plakatiert?"

Tomayer nickte und erhob sich. „Darf ich vorstellen: der Maler Ernst Kahl. Er malte das Plakat, das die Vandalen von Kandahar wahrscheinlich bis zum letzten Exemplar herabgerissen haben. Und hier", er wies auf die Kommissarin, „haben wir die liebenswürdigste Kriminalistin der Welt: Gisela Güzel."

Kahl strahlte immer seliger. „Ich muß euch was erzählen." Er rutschte auf der Buchtenbank herum und nahm einen Hieb Wein, der manchen Herkules aus der Kurve getragen hätte. „Andauernd erscheint mir dieser Geist, der aussieht wie Egon Krenz, und verrät mir die neuen Lottozahlen. Und die stimmen immer! Ich hab fünfmal hintereinander den Jackpot geknackt."

Die Tür schwang auf. An den Wänden bildete sich Rauhreif. Gläser zersprangen, und die Uhr schlug zwölf. Totentanz! Gerd Haffmans trat ein. Sein Bifi-Finger zeigte auf Ernst Kahl, und eine Stimme wie aus einem Groschengrab schnarrte: „Kahl! Deine Bilder sind meine Bilder! Dein Leben ist mein Leben! Su casa, mi casa! Jetzt gib mir das Lottogeld! Und einen aus!" Der Verleger wandte sich der Wirtin zu. „Der Herr da zahlt alles! Die Quittung krieg ich!"

Ernst Kahl wurde fahl. Er stülpte einen Barhocker über Gerd Haffmans. Von einer Sekunde auf die andere stak der Verleger im kleinsten Gefängnis der Welt fest. „Eins haben Sie vergessen, Sie Aal", sagte der Maler jovial. „Ich hab einen Freund, und der heißt Ernst Kahl."

„Kahl, Ernst Kahl", sangen die Kommissarin und der Radler aus dem Off kongenial, „goldenes Herz und Muskeln aus Stahl..."

Es war wie ein Fanal.

Wachtmeister Dimpfelmoser hatte sich mehrfach verritten, doch zum Glück verließ er das Haus niemals ohne seinen alten Diercke-Schulatlas. Bronco, das rassige Brauereipferd, galoppelte geduldig über Stock und Stein. Die Sonne stach vom Firmament herab. Irgendwo buhte ein Schut.

Als Dimpfelmoser die Skyline von Kandahar sah, zog er den Dienstsäbel blank und flüsterte Bronco ins Ohr: „Jetzt gilt es, alter Zosse. Sekt oder Selters, Heu oder Hafer, Hotte hotte hüh, Klöße in der Brüh!“

Auf dem Platz der Hinrichtungen führte eine Laienspielschar aus Inguschetien das Musical „Hair“ auf. Das war das einzige Stück aus dem Westen, das den Mullahs mundete. Fußlange Bärte wurden herumgeschwungen, in der großen Pause gab es tabulose Spiele mit Brustbehaarung und Prophetenperücken zu sehen. Die Menge machte die La-Allah-Welle und raufte sich die Bärte vor Wonne.

Da sprengte ein einzelner Reiter den Hügel herab. Er stimmte einen Schlachtgesang an, der die Mullahs das Fürchten lehrte: „Cee ah eff eff eh eh, trink nicht soviel Kaffee, sei doch kein Muselmann, der das nicht lassen kann ...“ Wie ein Wirbelwind fuhr Wachtmeister Dimpfelmoser auf Bronco, dem edlen Amtsschimmel, unter die Halunken. Sie glaubten, der Scheitan persönlich sei ihnen erschienen, und suchten ihr Heil in der Flucht. Bernd Fritz hüpfte in einen Reptilienfonds und hauchte auf schmählichste Weise sein Leben aus.

„Kommissarin Güzel, bitte kommen, bitte kommen!“ rief Dimpfelmoser in sein Funkgerät, während er den Zwiebelköpfen die Flötentöne beibrachte. Doch Gisela Güzel meldete sich nicht. Unverrichteter Dinge, aber guten Mutes ritt Dimpfelmoser noch in derselben Nacht zurück nach Tauberbischofsheim, der Stadt der Gegensätze, wie es im Baedeker heißt. Bronco, der feurige Mustang, fand den Weg von allein.

Hair

Mit einer Machete aus Kruppstahl arbeitete sich ein molliger Publizist durch den Busch, um sich einen Weg ins Herz der Finsternis zu bahnen. Gerüchteweise hatte Dagobert Lindlau läuten hören, daß Manfred Kanther sich in Afrika ein Paradies auf Erden erschaffen habe. Da wollte Lindlau hin.

Tausend Träger folgten ihm auf dem Fuße. Sie transportierten Lindlaus Waffensammlung: Elefantenbüchsen, Flitzebogen, eine alte Tante Ju, süffige Schwedentrünke, nach Jahrgängen sortiert, Musketen aus den Befreiungskriegen, Pusterohre vom Amazonas, sündhaft teure Armbrüste, Stützstrümpfe von Dynamit Nobel, eiserne Jungfrauen in seltenen Zwischengrößen, eine halbe Flak, eine ganze Flakhelfergeneration und zum Schluß die unvollendete V 5, an der Lindlau seit der Kubakrise als Feierabend-Düsentrieb herumgewurstelt hatte.

Die Strapazen der Expedition waren entsetzlich gewesen. Ein Pygmäenstamm hatte Lindlaus Entourage attackiert, doch der alte Homme de revolver hatte sich mit Zähnen und Klauen zur Wehr gesetzt. Für solche Fälle hatte er stets einen Hufeisenplan in der Tasche.

Nach einem Gewaltmarsch durch die Pfeffernußwüste ließ Lindlau biwakieren. Versonnen schaute er in die Flammen des Lagerfeuers, das seine Männer entfacht hatten, aß einen Affen in Milch und reinigte seine Colts. Die Träger sangen „Ol' man river" und fühlten sich wie damals, als Kunta Kinte gekidnappt worden war. Lindlau war so gerührt, daß er pro Mann drei Peitschenhiebe extra austeilen ließ.

Als der Dschungel erwachte, war die Überraschung perfekt. „Land in Sicht! Der Adler ist gelandet!" rief Lindlaus Chefadjutant und Wasserträger, der treue Uwe Kopf. Endlich! Durch die Zwetschgenzweige schimmerte das Katzengold von Caxamalca. Hier hatte sich Manfred Kanther das Reich seiner Träume errichtet. Er saß auf einem Thron aus Menschenknochen und ließ sich von einheimischen Mädchen pediküren. Dabei blätterte er mild interessiert in *Jeune Afrique*. Die Titelgeschichte – „Manfred Kanther, le magnifique" – war ziemlich fair. Er hatte sie selbst geschrieben. Besonders gut gefiel ihm der Anfang: „Manfred Kanther, der schneidige Beau aus Fulda, ist ein Geschenk des Himmels. ‚Afrika liebt mich', sagt er gelassen und verteilt Süßigkeiten an Hungernde. Doch er kann auch hart durchgreifen, wenn es sein muß ..."

Lindlau lüftete den Tropenhelm. „Mister Kanther, I presume?"

„Sprechense deutsch!" generalfeldmarschallte Kanther. „Wir sind hier unter uns." Er schnippte nach einem Boy. „Laß mal die Bar anrollen, Bimbo!" Dann bot er seinem Gast einen Platz auf der Delphinhautcouch an. „Kleiner Sorgenbrecher gefällig?"

Lindlau entschied sich für ein Gedeck aus Zinn 40 und Batida de Coco. Kanther blieb bei River Cola. Er mußte später noch einige Todesurteile vollstrecken und wollte nur ungern danebenschießen.

„Man hört ja dolle Sachen über Sie", sagte Lindlau und putzte seine Silberbüchse. „Wie sind Sie eigentlich dem berüchtigten Herrn Wumba entkommen? Sie sollen bei dem ja schon auf der Speisekarte gestanden haben. Und jetzt leben Sie hier wie der Mops im Paletot!“

Kanther lächelte technokratisch. „Ich bin Stammessen eins gewesen. Und Wumba ist es wie so vielen seiner Rassegenossen ergangen. Als er mich auffressen wollte, habe ich ihm die Überlegenheit des weißen Mannes zu schmecken gegeben.“ Die unangenehmen Details seiner Rettung verschwieg der hessische Dschungelheld geflissentlich: Tarzan hatte ihn unter Einsatz seines Lebens gerettet, und zum Dank dafür hatte Kanther ihn hinterrücks mit einer Haifischgräte erstochen. „Schwamm drüber. Ein jegliches hat seine Zeit! Jetzt ruft die Pflicht. Ich muß zur Morgenandacht.“

Lindlau freute sich wie ein Kind, als Kanther ihm eine Panzerfaust in die Hand drückte. Nachdem sie sich auf süße Löwenbabys eingegroovt und richtig warmgeballert hatten, ließen sie einige Delinquenten tanzen, die nicht anständig frisiert zur Maloche in Kanthers Diamantenmine erschienen waren.

„In Fragen der Etikette dulde ich keine Lässigkeiten“, erklärte Kanther und führte seinen Gast an einen reichhaltig und gut gedeckten bürgerlichen Mittagstisch. Das Küchengeschwader servierte Sauerbraten unter sengender Sonne. Lindlau haute rein wie ein Scheunendrescher. Er lobte das Rotkraut und scheuerte nebenbei seine Maschinenpistole. „Hätten Sie etwas Ako-Pads?“ bat er. „Hier ist ein Rostfleck an meiner Uzi.“

Kanther nahm einen herumliegenden Skalp. „Hier. Naturkrause. Reinigt astrein.“

So machte Lindlau das Leben Spaß. Er kippte einen Knaddeldaddel und ließ Gold aus der Kehle regnen: „Living life the easy way, taking things the way they come, tadi dadi dadi do, di dodi dada, zipping on Bacardi Rum ...“ Er stieß auf. Der Schnaps hatte ihn nachdenklich gemacht. „Den Kram in der Mitte hab ich vergessen. Sorry."

„Ich hab dir doch gesagt, du sollst deutsch mit mir reden!" knarrte Kanther. Er hatte von Anfang an wenig Gefallen gefunden an seinem aufdringlichen Besucher. Jetzt steckte er den Publizisten in ein Schlangenfaß und kollerte es eine Schlucht hinunter. Lindlau legte noch schnell eine Eierhandgranate, und dann kam der Tod herbei.

„Aktion Herrenmensch!" rief Kanther. Es tat gut, wieder der einzige Weiße weit und breit zu sein. Doch da streckte Uwe Kopf seinen Kösel durch die Hagebuttensträucher.

„Wo gedient?" fragte Kanther.

Kopf salutierte. „Szene Hamburg, Tempo, Pur!"

„Pur? Meine Lieblingsband!" Kanther wiegte sich in den Hüften und begann zu bluesen: „Wenn du da bist, wenn du Licht siehst, und das zum allerersten Mal..."

„Nein, viel besser", sagte Kopf. „Ein Magazin. Cooles Teil aus der Hansestadt. Im Internet finden Sie das unter www.ipuri.de." Kopf nestelte sein Belegexemplar aus dem Tornister. „Von mir ist auch was drin", sagte er und las vor: „Um die Heiligkeit der ersten Nacht zu achten, müssen die Partner das Beieinander auf mindestens vier, fünf Stunden hinausziehen, und zwischendurch will die Frau ein bißchen staunen und lachen, also erfreue ich sie mit Statistiken und sage: 65 Prozent der Deutschen meinen, die Wannseekonferenz habe im Zweiten Weltkrieg nicht die Vernichtung der Juden beschlossen, sondern Berliner Bademeister ausgebildet. 53 Prozent der Amerikaner meinen, Martin Luther King sei im Ku-Klux-Klan gewesen und von Sammy Davis jr. erschossen worden. Alles Lügen, die ich da erzähle, aber die Lügen sind süß, und die Frau fühlt sich geliebt und umsorgt in dieser ersten Nacht, und weil ich mit Wort und Tat für sic da bin; ich kümmere mich nicht nur um ihren Körper, sondern auch um ihr Herz."

„Der Anfang hat mir gut gefallen", sagte Kanther. „Semantisch interessante Variante der Auschwitz-Lüge! Ich bin schließlich selbst so ein sanfter Rebell. Daß man damit anständige deutsche Frauen herumkriegt, leuchtet mir ein. Hut ab. Und Rübe runter! Denn das mit den Niggern verzeih ich dir nie, du Anglizist!"

Kanthers Geschoß zertrümmerte Kopfs kahlen Grützkasten. Das Ding war leer. „Yo", rief Kanther. „Happiness is a warm gun!" *

In der Zwischenzeit hatte sich Hans Küng mit seinen Kidnappern ausgesöhnt. Gegen eine saftige Beteiligung stellte der Verantwortungsethiker den Triaden in Hongkong eine Drogengeldwaschanlage hin, die als multireligiöser Begegnungstempel getarnt war. Vorne gingen Franziskanermönche, Hindus, Mullahs, Shintoisten, Gurus, Druiden und aztekische Medizinmänner ein und aus, und hinten wurde abkassiert.

* Für diese Gewaltphantasie wurde den Autoren wenig später der Eduard-Mörike-Preis in Gold zugesprochen. Vielen Dank.

An der Kasse saß Hans Küng und zählte die Moneten. Irgendein Schuftikus hatte einen Hosenknopf in den Klingelbeutel geworfen. Hans Küng war menschlich tief enttäuscht. „O tempora, o mores“, schnob er und schrappte den Zaster zusammen. „Die Menschheit verdient mich nicht!“

„Da könnten Sie recht haben“, sagte Kommissar Hunter. „Sie sind vorläufig arretiert. Widerstand ist zwecklos. Geben Sie auf. Das ist Spiel ist aus.“

Es war reiner Zufall, daß Kommissar Hunter Küng in Hongkong auf die Schliche gekommen war. Eigentlich verfolgte Hunter hier die Spur seines sagenumwobenen Gegenspielers Jakob Moneta.

Küng plusterte sich auf wie eine Blaumeise im Futterhäuschen: „Wissen Sie überhaupt, wen Sie vor sich haben, Sie Narr? Ich bin Ästhet! Abteilung Weltethos! Man kennt mich praktisch überall. Sie machen einen großen Fehler, Mister! Wenn Sie mit mir Schlitten fahren wollen, mache ich Sie naß. Ich habe einflußreiche Freunde im hiesigen Episkopat.“ Er deutete auf einige Galgenvögel, die ihre Maschinenpistolen schußbereit in den Händen hielten. „Also Pfoten hoch, sonst knallts!“

Kommissar Hunter ließ sich davon nicht ins Bockshorn jagen. Er zückte seinen Füllfederhalter mit Geheimtinte und zeigte den Gangstern, was eine Harke ist. Die schweren Jungs warfen die Flinten ins Korn und gingen stiften.

Dann wandte sich Hunter wieder dem Ethiker zu. „Und nun zu Ihnen, Sie Schmalspurgringo. Wegen Widerstands gegen die Staatsgewalt nehme ich Sie jetzt endgültig hopp.“

Hans Küng verkannte den Ernst der Lage und machte immer noch Zicken. „Ich darf Sie daran erinnern“, schnöselte er, „daß die Weltgesamtauflage meiner Bücher mehr als eine Zillion beträgt.“

„Eine Zillion? Ich krichen Steifen!" rief Hunter und lachte sich einen Ast.

Hans Küng wurde grün vor Grausen. „Das ganze Geld mit Quatsch verdient", grummelte er. „Und ausgerechnet jetzt, wo ich endlich ein ehrlicher Mensch werden wollte, muß ich in den Kahn. Was ist das nur für eine Welt? Ich werde wohl ein Buch darüber schreiben müssen." Dieser Gedanke gab ihm Kraft und innere Stärke. Erhobenen Hauptes ließ sich der alte Schlickenfänger abführen.

„Und? Was war das beste in Fernost?" fragte Gisela Güzel ihren Chef.

Hunter kratzte sich am Kinn. „Die Fahrt mit der Dschunke", sagte er dann. „Hans Küng im Heringsfaß, und ich in der Ersten Klasse."

Sein Schreibtisch quoll über von Glückwunschkärtchen, Dankschreiben und Präsenten aus aller Welt. Ferrero Küßchen von Scotland Yard, Vergißmeinnicht von Interpol, ein Sheriffstern vom FBI, eine 45er von Mike Hammer, ein Rohmilchkäse von Inspector Clouseau, ein öl- und blutverschmiertes Grobrippunterhemd von John McClane, Schuhspanner mit Pfefferminzgeschmack von Lord Peter Wimsey, ein Zigarrenstumpen von Inspector Columbo, ein

Fäßchen condition humaine von Kommissar Maigret, eine Thrombosesocke von Miss Marple und ein singendes Telegramm von Sam Spade – das alles und noch viel mehr türmte sich bis knapp unter den Deckenpropeller.

Wachtmeister Dimpfelmoser hatte es sich nicht nehmen lassen, persönlich hereinzuschneien, und zwar auf Bronco, dem bewährten Klepper. „Ich habe schon viel von Ihnen gehört, Herr Kollege", sagte Dimpfelmoser und reichte Hunter die kuchenblechgroße Hand. „Darf ich Ihnen zur Verhaftung dieses exmatrikulierten Heuchelhumpens gratulieren? Es hat mir sehr imponiert, wie Sie den in Hongkong dingfest gemacht haben!"

Der Kommissar wurde rot und wechselte das Thema. „Ihr Coup in Kandahar war aber auch nicht von Pappe. Wie Sie dem Wäsche-Fritz das Handwerk gelegt haben, das hatte Stil. Die Gazetten sind voll davon."

„Keine Ursache", wehrte Herr Dimpfelmoser bescheiden ab. „Ich habe nur meine Pflicht getan." Doch im Innersten seines Herzens strahlte der brave Mann wie ein fünfmal gescheuerter Kupferkessel, auf den die Sonne scheint.

„Waldemar", sagte Gisela Güzel, „da ist ein Illustriertenfitti auf Leitung drei. Ein Exkrement von der *Bunten*."

Hunter nahm ab.

„Hier ist Paul Sahner", rülpste es aus dem Hörer. „Ressort für feuchten Kodder und Enthüllungen aller Art. Wir können Sie ganz groß rausbringen, Meister. Homestory, gepiercte Nippel, was Sie wollen. Wir machen das ganz ästhetisch. Wenn Sie uns bei sich reinlassen. Aber wir können natürlich auch anders! Anyway, wir schlagen morgen um elf bei Ihnen auf. Dann läuft die Chose wie von selbst."

„Fangschaltung", bölkte Kommissar Hunter, legte auf und warf Gisela Güzel einen vielsagenden Blick zu.

Anderntags wurde Paul Sahner im Leergutlager der Spaten-Brauerei aufgefunden. Unbekannte Täter hatten den Lifestyle-Reporter in eine Bierflasche geklöppelt und ihm in Form zweier Veilchen den Wächter-Preis für kritische Publizistik verliehen.

Noch schlechter war es unterdessen Hans Küng ergangen. Man hatte ihn zu fünfzehn Jahren Dünkelhaft verurteilt und ihn in Santa Fu eingelocht. Dort versuchte er es jetzt mit Flunkern. „Gestatten, mein Name ist Cox", sagte er zu dem Mäuserich, mit dem er die Zelle teilen mußte. Angewidert drehte das Tier sich weg. Das war das Ende. Hans Küng hatte seinen letzten Zuhörer verloren.

Manfred Kanther war glücklich. Im Nachlaß von Dagobert Lindlau hatte er Konstruktionspläne für eine verglasurierte Fermentrakete gefunden. Die erforderlichen Bodenschätze hatte er in einem beispiellosen Raubkrieg erbeutet. Nach langer, harter Arbeit, die viele seiner festangestellten Sklaven das Leben gekostet hatte, war der Prototyp fertig. V Manni, die Wunderwaffe!

Kanther schmiß eine Sektflasche an den Raketenrumpf und schmackerte vor Entzücken. Im Kontrollraum tippte er die Zielkoordinaten ein. Die Schweiz mußte weg. Das hatte er einstimmig beschlossen. Er drückte auf den roten Knopf und lehnte sich zurück.

Wuschti! Der Marschflugkörper sauste in hohem Bogen in die Lüfte und zog einen Feuerschweif hinter sich her, der sich gewaschen hatte.

Zehn Minuten danach wackelten in Lummerland die Wände. Frau Waas, die mit Herrn Ärmel beim Kaffee saß, schaute besorgt aus dem Fenster, und Emma, die Lokomotive, stieß ein ängstliches Tuten aus. Das Dröhnen wurde lauter. König Alfons der Viertel-vor-Zwölfte unterbrach das nette Telefonat, das er mit Caroline von Monaco führte, und pantoffelte eilends in die Flugabwehrzentrale seines Schlößchens. Doch es war zu spät – und falls hier Kinder mitlesen, müssen sie jetzt ganz, ganz stark und tapfer sein: Die Rakete durchbrach die Wolkendecke und zerfetzte Lummerland in tausend Stücke. Jim Knopf, Lukas der Lokomotivführer und die Wilde 13 hatten zum Glück gerade ein Faß Drachenschnaps niedergemacht und starben im Schlaf.

„Verflixt!“ knurrte Kanther, als CNN die Bescherung zeigte. „Das sollt ihr mir büßen! Jetzt rüste ich richtig auf!“ Er nahm eine Rohrzange aus seinem Werkzeugkasten und machte sich an die Arbeit. Binnen kurzem hatte er ein ansehnliches Arsenal von Pershings, Tornados, Starfightern, Boden-Boden-Raketen und V Mannis zusammengedengelt. Von ihm aus konnten die Schweine kommen! Er war gewappnet. Der Tyrann hielt sich die Augen zu, drehte einen Leuchtglobus und tippte blind auf ein neues Kriegsziel.

Uruguay! Warum eigentlich nicht? Auf die Urus hatte Kanther einen Rochus, denn sie galten als die Schweizer Lateinamerikas.

Aber nicht mehr lange, schmunzelte der brutalstmöglich gescheitelte Dregger-Zögling und musterte seinen Raketenpark. Für Uruguay, seinen alten Angstgegner, wählte er ein

Dum-Dum-Geschoß aus, das mit Hausmüll und Indianerschrot bestückt war.

„Schrot für die Welt!“ hüstelte Kanther und drückte wieder einmal auf seinen Lieblingsknopf.

Kurz darauf war Uruguay im Eimer. „Macht kaputt, was euch kaputt macht!“ krötete Kanther und tänzelte um die Fichte Tausendschön herum, an deren Geäst er obstinate Angestellte aufzuknüpfen pflegte.

Nicht ganz so happy war Saddam Hussein, als seine Späher ihm von Kanthers Volltreffer berichteten. „Dieser verdammte Krieg!“ greinte der irakische Diktator. „Ich will auch! Wozu hab ich denn das ganze Zeug gebunkert, das Krach macht?“ Er dachte voller Zärtlichkeit an seine A-, B- und C-Hörnchen, seine Knallplättchen und Püsteriche. Jetzt oder nie! Der stark behaarte Aggressor hätte die eigene Mutter an den Haffmans Verlag verkauft, um beim Weltkrieg mitmischen zu dürfen. Aus einer Laune heraus erklärte der dominante Ölprinz Burma und Borkum den Krieg und schickte dreißigtausend seiner besten Hurensöhne auf fliegenden Kamikaze-Flokatis in den sicheren Tod.

Zur weiteren Entspannung nahm Saddam ein Blutbad. Magenkranke Kakerlaken nagten an den Haaren des smarten Arabers. Es war ein ganz normaler Tag im bizarren Irak.

Als nächstes löschte Kanther Grönland, Osttimor und Pirmasens aus. „Stop making Pirmasens!“ lachte er despotisch. Was er nicht wußte: Die Pirmasenser hatten gar nichts davon mitgekriegt, denn sie nannten ihre Heimatstadt Bemmisens und spürten zwischen Diesseits und Jenseits nicht den geringsten Unterschied.

Um dem Wahnsinn ein Ende zu machen, berief Günter Grass eine Pressekonferenz ein, die weltweit live übertragen wurde. In Heringsdorf auf Usedom, dem Feriendomizil des ulkigen Kaschuben, traten sich die Journalisten die Füße platt. In einer unbestuhlten Mehrzweckhalle zog Grass vom Leder: „Herr Kanther! Dies ist der Heringsdorfer Appell. Er wird in die Geschichte eingehen als ein Mahnmal des Friedens, der Verständigung und der Abrüstung. Hören Sie auf! Ich beschwöre Sie! Wenn Sie jetzt die Waffen niederlegen, werde ich mich persönlich für Sie verwenden und als Kronzeuge dafür plädieren, daß Sie nicht zu hart kritisiert werden.“

Schwandonk! Kracks! Gadorks! Die Außenwand zerbarst, und knapp vorm Podium kam Eugen Drewermanns Ketzermobil mit rauchenden Reifen zum Stehen. „Wer will hier Frieden machen?“ zelotete Drewermann, sprang aus dem Führerhäuschen und stieß Grass vom Thron.

„Wir knüpfen aufeinander zu, wir knüpfen aneinander an", grölte die Sölle, „wir knüpfen miteinander, Shalom, ein Friedensnetz ..." Die routinierte Betschwester zeigte ihre Muckis und strahlte wie ein geplünderter Christbaum.

Grass rappelte sich hoch und verpaßte Drewermann eine knackige Kopfnuß.

Der Paderborner Pulloverlover rieb sich die Omme. „Au-er!" Den Frieden lieben, Grass hassen und Backpfeifen austeilen war eins. Im Nu war die schönste Prügelei im Gange.

Die Funk- und Fernsehfritzen freuten sich über die tollen Cum-Shots und schlossen Wetten ab. „Zehn Mark auf Pullover!" jauchzte Ulrich Greiner. „Wer mit der Speckseite nach der Wurst wirft, muß sich nicht wundern, wenn sie dem Faß die Krone ins Gesicht schlägt!"

Das fanden auch Horst-Eberhard Richter und Franz Alt, die Lunte gerochen hatten und sich hier nicht die Butter vom Brot nehmen lassen wollten. „Frieden ist unmöglich ohne mich! Toyota!" schäumte es aus Alt heraus. Der zweite neue Mann nach Jesus zertrümmerte einen Stuhl auf Dorothee Sölles Quadratschädel, während Horst-Eberhard Richter die Behindertentoilette verwüstete. Es war ein rundum gelungenes Friedensfrühstück.

Manfred Kanther sah das anders. Er hatte die Direktübertragung im Satellitenfernsehen verfolgt und war weich geworden. „Manchmal möchte ich aus der Menschheit austreten, so schäme ich mich", seufzte er und schoß aus Weltschmerz einige Sklaven über den Haufen. „Euch macht das nichts aus", rief er den Verblutenden beruhigend zu. „Ihr habt ja 'ne ganz andere Mentalität hier."

Dann drückte er abermals auf den roten Knopf. Eine Wasserstoffbombe zischte gen Himmel. Sie sollte Usedom zerdeppern, verirrte sich jedoch auf halbem Wege und

FDP
FDP
FDP

schlug in Bombay ein. Ganz Indien war sauer. Der Premierminister ließ die Atomsprengköpfe scharfmachen. Die Pakistani ergrünten sofort vor Neid und griffen Indien an.

Der bewährte Blitzkrisendiplomat Kofi Annan unterbrach seinen Mittagsschlaf, schmierte sich ein paar Hasenbrote und flog los. Über Islamabad ließ er sich abwerfen. Im freien Fall begegnete er Jürgen Möllemann, der mit einem spektakulären Auftritt als Friedensengel an seinem außenpolitischen Profil feilen wollte und keine Konkurrenz gebrauchen konnte. Heimlich machte Möllemann einen Knoten in die Reißleine des Uno-Generalsekretärs. Kurz bevor Annan auf pakistanischem Grund und Boden aufschlug, hörte er noch Möllemanns meckernde Lache: „Uno-Knotentest, Sportsfreund! Das war deine letzte Mission. Jetzt komme ich!"

Der nordrhein-westfälische Troubleshooter krachte durchs Deckenfries der Frauensauna von Islamabad und platschte ins Eiswasserbecken. „Vom Himmel hoch, da komm ich her, ich bring euch gute, neue Mär", sang Möllemann und verteilte FDP-Fähnchen an die splitterfasernackten, kreischenden Gebärmaschinen.

Good old Möllemania, dachte der liberale Mädchenschwarm. Der Ladykiller umgarnte ein junges Mädchen, das verzweifelt um Hilfe schrie. „Süße kleine Mullahtrulla", onkelte der Bonvivant und kriegte überhaupt nicht gebacken, daß die kastrierten Hüter des Frauensaunens längst nach den Schwitzbadflics gerufen hatten.

„Das da issa!" fistelte ein Eunuch und zeigte mit dem Finger auf den umtriebigen Salonlöwen, dem es nun nicht mehr gelang, neue Wählerschichten zu erschließen und das Rohr zu verlegen.

Möllemann wurde vor ein ordentliches Gericht gestellt und bekam einen fairen Schauprozeß. Als mildernder Umstand wurde ihm sein Schnurrbart angerechnet. Deshalb begnadigte das Richtertrio den blau-gelben Witwentröster zum Hungertod am Schandpfahl von Taka-Tuka-Land.

„What's all this fuckin' shit about that german warlord in Africa?“ fragte Bill Clinton den deutschen Bundeskanzler.

Schröder lachte in den Hörer. „Hey, Billieboy!“ dröhnte er. „Everything's allright over there in America?“

„Nope! We're angry. We want that dickhead Manfred Cancer. Dead or alive!“

„Ah-ha-ha-ha-ha-ha!“ machte der Kanzler. In brachialem Lachen hatte er Richtlinienkompetenz. „Allright, Mister President! So, how's the economy like? Do you need any Volkswagen?“

Clinton konnte es kaum glauben. „Listen, Kraut! If this filthy aryan scum called Cancer will not be crucified within forty-eight hours, we're going to kick ass! Especially yours, y'understand?“

„Ha-ha-ha-ha-ha-ha-ha!“ schnarrelte Schröder. „I always liked your sense of humour, Bill. Now, can I invite you to the Expo? It's fantastic! We have a rollercoaster and great music, too! The Scorpions are going to play. Old friends of mine. I used to play tennis with the lead singer.“ Schröder coverte den größten Hit der hannöverschen Knödler: „Where the children of tomorrow share their dreams ... in the wind of change." Er knörte noch minutenlang in eine Leitung hinein, die längst tot war.

Clinton rieb sich das wundgesungene Ohr und wies seine Generäle an, einen Plan zur atomaren Zerstückelung Deutschlands auszuhecken.

„Da braut sich was zusammen", sagte Kommissar Hunter. „Der irre Hesse will den Weltkrieg. Für sowas habe ich ein untrügliches Gespür." Er sah Gisela Güzel besorgt an. „Bringen Sie sich um Gottes Willen in Sicherheit!"

„Und wohin bitte?"

„Weiß ich auch nicht. Nach Kuba vielleicht. Oder Feuerland. Hauptsache raus hier. In ein paar Tagen ist ganz Europa ein Hexenkessel."

„Hexenkessel? Das Lokal kenn ich. Frankfurt, Schäfergasse. Salate aus drei Jahrhunderten."

Hunters Sorgenfalten vertieften sich. „Machen Sie keine Witze, Gisela! Die Lage ist bitter ernst." Zwei einsame Tränen kullerten ihm über die Backen. „Muß wohl was ins Auge bekommen haben", sagte er mit rauher Stimme. Er lud seinen Browning durch und feuerte auf den Guppy im Aquarium, bis sich nichts mehr rührte. „Gnadenschuß. Ich wollte ihm das sinnlose Leiden ersparen."

Wasser kleckerte auf Hunters Schuhe. Es war ihm egal. Die Zeit war reif.

„Adieu", heiserte der Kommissar. „Bevor die Lichter ausgehen und der Vorhang fällt, muß ich noch eine letzte Pflicht erfüllen."

„Jakob Moneta?"

„Genau. Ich habe endlich eine heiße Spur. Sie führt nach Italien. In den Vatikan."

Gisela Güzel war skeptisch. „Wie kommen Sie darauf?"

Hunter nahm ein paar nagelneue Scrabble-Steine aus der Manteltasche und breitete sie auf der Schreibtischunterlage aus. Geübt legte er den Namen seines großen Gegenspielers aus: JAKOB MONETA. „Nach all den Jahren fruchtloser Fahndung ist mir die Lösung gestern nacht im Traum erschienen. Der Name", sagte er schwer, „ist ein Anagramm. Vertauschen Sie mal die Buchstaben. Sie werden staunen."

Ob der alte Spürhund jetzt verrückt geworden war? Die Kommissarin stellte die Frage zurück und versuchte ihr Glück: ATOMKOB JENA. War es das, was Hunter meinte?

Er verneinte.

Gisela Güzel scrabbelte weiter.

KOJOTENBAMA

TANKBOJE MAO

MAKE NATO JOB

„Das ergibt keinen Sinn", sagte die Kommissarin.

„Probieren Sie es noch einmal. Sie sind dichter dran, als Sie glauben."

Gisela Güzel gab sich alle Mühe.

OMEN JOB ATAK

KOMA JA BETON

TANJA BOOK ME

BANKOMAT OJA

„Warm", sagte Hunter.

Die Kommissarin unternahm einen letzten Anlauf.

NATO BEKAM JO

Hunter blinzelte. „Heiß. Aber nicht heiß genug." Erstaunlich behende schob er mit seinen dicken Fingern die Buchstaben hin und her und zeigte auf sein Werk:

JOE ATOMBANK

Kommissar und Kommissarin maßen einander mit Blicken. Das irre Glitzern in Hunters Augen verriet Gisela Güzel, daß sie Waldemar Hunter jetzt nicht allein lassen durfte, denn er stand an der Wegscheide zwischen Genie und Wahnsinn.

Hunter glühte. „Klare Sache. Die Indizienkette ist lükkenlos: Moneta – Moneten – Vatikanbank – Atomindustrie. Alles verfilzt. Und alle Spuren führen nach Rom."

Die Stille im Raum war kaum auszuhalten. Irgendwo platzte ein Scheich.

Hunter wandte sich zum Gehen. „Ich bin dann mal weg." Rührung übermannte den Gesetzeshüter. „Wenn ich nicht wüßte, daß man das nicht tut, würde ich Ihnen jetzt sagen, daß Sie wie eine Tochter für mich waren, die ich nie hatte."

„So schnell werden Sie mich nicht los, Chef. Ich komme mit. Die Bande schnappen wir uns zu zweit. Und hinterher gehen wir schön zum Italiener."

Am Farbkopierer fälschte die Kommissarin sich schnell einen Interpol-Durchsuchungsbefehl für den Vatikan. Jakob Moneta! Joe Atombank! Es war nicht zu fassen, wie Jagdfieber und Verschwörungstheorien einen Menschen zum Obst machen konnten. Hunter brauchte Hilfe, heute mehr denn je. Er sollte nicht in einer Vollgummizelle oder in den Verliesen des Vatikans zu Grunde gehen. Das hatte er nicht verdient.

Das Elend im Knast, vor allem sein eigenes, hatte Hans-Olaf Henkel stark mitgenommen. Er war ein anderer geworden und wollte nur noch beten. Als eine von Manfred Kanther auf die fränkische Schweiz abgefeuerte Cruise Missile die Mauern von Sing Sing durchschlug, brach Henkel zu einer Pilgerreise auf, die ihn nach Rom führen sollte, zum Beichtstuhl des Heiligen Vaters. Doch der Weg war weit und das Urlaubsgeld knapp. Um es aufzubessern, mußte Henkel Zigarettenautomaten knacken, Streichholzverkäuferinnen bestehlen und seinen Körper verkaufen. Nur meine Seele, die kriegt ihr nicht, flüsterte sich der Flüchtling zu. Die gehört dem lieben Gott.

Dem sollte er bald näherkommen, als er dachte. Als er den Atlantik durchkrault hatte und auf allen Vieren über die Alpen gekrochen war, fühlte er sich high und heilig. Doch die schwerste Aufgabe lag noch vor ihm: Er mußte die Schweizergarde überlisten, um zum Stellvertreter Gottes zu gelangen. Hierbei kam Henkel sein Studium der Gitterkunde in Sing Sing zupaß. In einer einzigen langen Nacht schlief er sich bis ganz nach oben hoch. Nackt und erschöpft stand er zuletzt vor dem Papst, der von dieser Störung nicht sonderlich erbaut war. Er hatte Benito Miracoli, den Don von Palermo, zu einer Privataudienz empfangen und zeigte ihm gerade die legendäre Mitra aus

Nappaleder, eine Sonderanfertigung aus dem Hause Wäsche-Fritz.

Von Henkel troff Gardisten- und Kardinalssahne auf die päpstlichen Teppichfliesen. „Ich möchte beichten“, krächzte der bekehrte Wirtschaftsweise.

Don Benito brauchte gar nicht erst im Mafia-Handbuch nachzuschlagen. Er wußte instinktiv, daß er die Waffen sprechen lassen mußte, um den Heiligen Vater zu schützen. Bevor Hans-Olaf Henkel Papp sagen konnte, hatte der Don die Kanone gezogen, ein Loch in den nackten Mann gemacht, die Leiche einbetoniert und die verschmierten Fliesen gereinigt. Sein Tintenkiller aus der Grundschulzeit leistete wie immer gute Dienste.

Als der gewissenhafte Miracoli mit einem Spezialkleenex den genetischen Fingerabdruck wegwischen wollte, donnerte eine Stimme: „Lassen Sie das Geschieße sein! Polizei! Sie sind verhaftet!“

Der Don fuhr herum. Er sah in das abgeklärte Gesicht eines Fahnders alter Schule, den die Welt als Waldemar Hunter kannte, während die Unterwelt vor ihm schlotterte. Hinter Hunter stand Gisela Güzel und rauchte eine. Der überführte Mafiaboß ließ Mut und Lappen sinken.

In Hunters Innerem kochte ein großer Topf Buchstabensuppe. Der Kommissar fixierte den Don. „Sind Sie Jakob Moneta? In einer seiner tausend Verkleidungen?“

Miracoli dachte nach. Die deutsche Polizei war für ihn immer eine Vorbild an Scharfsinn, Brutalität und Gemeinheit gewesen. Dieser Schnüffler war irgendwie anders. Der Sizilianer beschloß, ausnahmsweise einmal die Wahrheit zu sagen. „Mein Name ist Benito Miracoli. Darf ich vorstellen: der Heilige Vater.“ Er zeigte auf den Papst, der geistesabwesend an seiner Nappamitra schnupperte und in Erinnerungen an ferne Zeiten versank, in denen Götter, Gräber und Gelehrte noch etwas gegolten hatten.

Hunter grüßte lässig. In Gedanken scrabbelte er die Buchstaben durch: BENITO MIRACOLI war ein Anagramm von ... Sekunde, gleich hatte er's ... IACOB MONETIRL. „Sapperlot!" fluchte der Kommissar und schlug sich mit der Faust in die hohle Hand. „Diesmal war ich so nah dran wie noch nie! Um ein Haar hätte ich dich gehabt, Jakob Moneta! Und kurz vorm Ziel muß ich über jämmerliche drei Buchstaben stolpern." Verdrossen betrachtete er den Schuldigen. „Miracoli, ja? Können Sie nicht anders heißen, Sie Versager?" Hunter spürte in sich einen Zorn heraufziehen, vor dem ihm selber angst und bange wurde. Er drehte sich dreimal um die eigene Achse, machte einen Kopfstand und schoß in den Stuck. Das pflegte er immer zu tun, wenn ihm einer dumm kam.

Draußen heulten Sirenen auf: Großalarm im Vatikan! Es nahte eine V Manni, die Kanther eigentlich der holsteinischen Schweiz zugedacht hatte. Das Ding zerschlug halb Rom zu Mus und entvölkerte ganze Land- und Straßenstriche.

Auch im Kreml gingen die Lichter aus. Dort war eine von Kanthers verirrten Wunderwaffen detoniert. Die Russen hielten die Chinesen für die Übeltäter und schossen höchst unscharf zurück. Der Mount Everest war anschließend zu nichts mehr zu gebrauchen.

Waldemar Hunter überwand seine Jähzornattacke und genas rasch. Kraftvoll hustend taumelten Gisela Güzel und er durch die Ruinen des Vatikans. Es wurde einiges geboten: Qualm, Feuersbrünste, lodernde Reliquien und verkokelte Hirtenstäbe.

„Sind wir schon im Himmel?“ fragte die Kommissarin.

Hunter wischte sich den Schweiß vom Nacken und löschte damit einen brennenden Dornbusch. „Zum Glück noch nicht.“ Er verhielt. „Hören Sie das?“

Irgendwo glühte eine Rakete vor.

„Ja. Jetzt höre ich es auch. Was hat das zu bedeuten?“

„Das werden wir gleich sehen. Kommen Sie. Es könnte unsere Rettung sein!“

Nach einem lebensgefährlichen Querfeldeinlauf durch die katholische Trümmerwüste entdeckten sie eine baumlange Abschußrampe. Eine Rakete wurde startklar gemacht. In roten Lettern auf schneeweißem Grund war der Name „Papatotalmobil“ aufgemalt. Kardinäle flitzten emsig hin und her und füllten den Bauch der Rakete mit Schmuck, Bibeln und Schmuckbibeln.

Ein muskulöser Weihbischof kam angetrabt, als könne er vor Kraft kaum laufen. Der Kirchenkapo machte Stunk: „Schnell weg da, weg da, weg, schnell weg, sonst gibt's noch Streit, schnell weg da, denn wir haben keine Zeit ...“

Gizela Güzel schlug zu. „Ich hab kein zärtliches Gefühl für Leute, die Herman-van-Veen-Lieder singen", sagte sie und zog dem Bischof die ganze Wahrheit aus der Nase: Mit dem Papatotalmobil wollte sich die Crème de la Crème des Katholizismus ins Weltall absetzen. Der Erdboden wurde den führenden Gotteshäuslern allmählich zu heiß. An Bord war Proviant für dreißig Jahre und theoretisch Platz für jede Menge Menschen. Aber die Pfaffen hatten alles mit Devotionalien, Goldbarren und Gesangbüchern vollgestopft. Zur Freizeitgestaltung stand ein Rudel knuspriger Ministranten parat, und für die Reproduktion sollte ein Dutzend gesunder Jungfrauen herhalten. Das war der Plan, den der Papst und sein engster Beraterstab für den Fall der Fälle ausgetüftelt hatten.

„Dafür habe ich nicht mein Leben lang Kirchensteuer bezahlt", murrte Hunter. „Am liebsten würde ich denen ihren Fluchtflieger wegnehmen und alle retten, die noch zu retten sind!"

Gesagt, getan. Sie stürmten die Rakete, schmissen die Papisten raus, gaben ihnen den Ballast gratis und hoben ab.

„Das ist ja der reinste Knopfladen hier", sagte Kommissar Hunter und ließ den Blick über das Armaturenbrett schweifen. Was er sah, war ihm ein Buch mit sieben Siegeln. „Hatten Sie Raketenstunden in der Polizeischule?" fragte er die Kommissarin hoffnungsvoll.

„Nullinger. Bei uns gabs nur Schießen und Psychologie. Und natürlich die Kantine. Außer Ballern, Labern und Feiern stand nichts im Curriculum." Sie zündete sich eine Zigarette an. Sofort legte der Weihwassersprinkler los.

„Auch das noch!" schimpfte Kommissar Hunter und stieß mit dem Ellenbogen versehentlich gegen einen Hebel. Zack! Schon flogen sie mit Autopilot direkt nach Deutschland.

PAPATOT
ALMOBIL
salve

Während das Papatotalmobil sich in irrem Tempo einen Weg durch die Stratosphäre bahnte, hing Hunter seiner neuen Leidenschaft nach und spielte Scrabble mit dem guten Namen von Jakob Moneta.

JA KNABE TOM

JA AMT OBEN OK

J AM A NETBOOK

„Es wird immer verwirrender“, stöhnte der Kommissar und legte die Stirn in heizrippenbreite Furchen. „Dieser Mann hat es faustdick hinter den Ohren. Aber ich werde ihn fangen, und wenn ich alt und grau darüber werde ...“

„Die Chancen dafür stehen im Moment eher schlecht“, sagte Gisela Güzel. Auf dem Radarschirm waren zahlreiche Atompilze zu sehen.

Der Kommissar ignorierte das Kriegsgeschehen und scrabbelte weiter:

O O MEJN TABAK

O BATMAN JOKE

AA BEJM KONTO

Hunter grunzte mißgelaunt. „Manchmal habe ich den Verdacht, daß dieser Kerl mich auf den Arm nehmen will.“

Wie durch ein Wunder gelang der Rakete wenig später die Zwischenlandung im märkischen Sand.

Mit ölschwarzer Nase tauchte Hunter aus dem Maschinenraum auf. „Die Reparatur wird einige Zeit in Anspruch nehmen. Ich brauche mindestens bis Mitternacht, um unsere Arche wieder flottzumachen. Nutzen Sie die Zeit! Trommeln Sie alles zusammen, was wir retten können."

Gisela Güzel turnte ins Cockpit. Sie mailte, faxte und telefonierte sich die Finger wund.

Als erster schaltete Horst Tomayer. In seinem Wohnzimmer hektografierte er einen Aufruf: „Kommt zur Rakete im märkischen Sand! Wir starten um Mitternacht! Leichtes Gepäck, denn wir fliegen ins All!" Der schnittige Radler stopfte sich die Satteltaschen mit hunderttausend Kopien und zwanzig Rollen Tesafilm voll. Dann fegte er los und klebte auf der Strecke Hamburg – Kopenhagen – Stockholm – London – Paris – Lissabon – Turin – Nairobi – Belgrad – Athen – Tel Aviv – Peking – Omsk – Warschau – Prag – Berlin die frohe Botschaft an jede Laterne. Die achteinhalb Stunden, die er für den Parcours benötigt hatte, waren seine persönliche Bestzeit. Ein kleines Bier hatte er sich wohl verdient.

Er kehrte im „Storch" ein, wo Volker Hauptvogel am Zapfhahn stand und auch im Atomkrieg seinen Pflichten als Gastgeber nachkam. Draußen zickzackten die Minute-Man-Raketen um die Schöneberger Ecken. Der „Storch" aber blieb eine Oase des Friedens und des guten Stils. Nach zwei, drei Pfiffen Bier überredete Tomayer den Wirt zu einem Ausflug in die unendlichen Weiten des Universums.

Doch Schockschwerenot – das Rad war geklaut. Tomayer weinte. „Oh, das schändlichste Verbrechen ist das Fahrradschloßaufbrechen", schluchzte er. „Ja, schlimmer als Rabattmarkensammeln, Schröderwählen oder Hostienbespein ist das Fahrradeigentümer/Fahrrad-Entzwein ..." Er wollte nicht mehr leben. „Was soll ich im Weltall ohne mein Fahrrad? Ich bleibe hier unten und suche den Dieb!"

Volker Hauptvogel war ein pragmatischer Mann. Sachte schlug er Tomayer k.o., warf sich den drahtigen Dichter über die Schulter und trug ihn zur rettenden Rakete.

Krieg ist doch klasse, dachte Rudolf Scharping. Da kann man klauen, was man will, und nennt es einfach requirieren. Scharpings Dienstpanzer hatte im Granatenhagel den Geist aufgegeben. Doch der Minister hatte sich zu helfen gewußt und Tomayers Rennrad gestohlen.

Nun fuhr er wohlgemut zum Bendlerblock. Er mußte noch einige Notverordnungen erlassen. Zitternd vor Verantwortungsbewußtsein brüllte er ins Telefon: „Deserteure sind zu erschießen und öffentlich aufzuknüpfen! Wir dürfen nicht wegsehen! Krieg ist Krieg! Ich habe selber gedient und weiß, was sich gehört!“

Zerquält erinnerte sich Rudolf Scharping an die sechs Wochen Grundwehrdienst, die er abgerissen hatte. Eigentlich hatte er sich freiwillig für zwei Jahre verpflichtet, doch die Kameraden hatten ihn nicht haben wollen. Man hatte ihn kaltblütig ausgemustert. Ihn, der ein dufter Uffz hätte werde können! Oder sogar Stuffz!

Am anderen Ende der Leitung lauschte, mit einer Mischung aus Angst und Begierde, General Guderian. „Haben Sie noch weitere Befehle, mein Minister?“

„Ich will Konzentrationslager sehen!“ fatwate Scharping. „Von Florida bis zum Ural! Ich brauche Bilder! Verstehen Sie? Bilder!“

Eine gute alte SS 20 trudelte im Bendlerblock ein und zerstörte Scharpings Talisman, eine abgetragene Hasenpfote. Dem Oberbefehlshaber der deutschen Friedenswehrmacht schwoll die Omme. „Volkssturm!“ gargelte Scharping. „Frauen und Kinder zuerst! Alle Mann ans Gewehr! Unis und Aids-Hospize abklappern! Operation Heldenklau! Ich bin die Mutter aller Schlachten!“

„Mutter? Sind Sie sicher?“ fragte Guderian, dem das Herz in die Hose gerutscht war.

„Unterbrechen Sie mich nicht beim Brainstorming!“ Scharping atmete durch. Ob er noch etwas vergessen hatte? Ach ja: „Wer die Wehrkraft zersetzt, wird standrechtlich kaltgemacht. Ich decke jede Schweinerei! Und wer lebendig in Feindeshand fällt, hat sich augenblicklich zu entleiben! Es lebe das Heilige Römische Reich Deutscher Nation!“

Nach diesem Telefonat, das ihn seelisch erfrischt hatte, patrouillierte Scharping durchs Regierungsviertel. Zufrieden musterte er die vielen an den Laternenmasten baumelnden Deserteure. Das ist sie, die Ethik der Pflicht, dachte der Sozialdemokrat verträumt.

An einem der Laternenpfähle peckte ein Zettel. Scharping schob die im Winde schaukelnde Leiche eines alten Mütterchens beiseite, setzte seine Lesebrille auf und nahm Tomayers Aushang zur Kenntnis.

Bei Licht besehen, dachte sich Scharping, bin ich doch viel zu wertvoll, um hier die Knochen hinzuhalten. Der Heldentod mag eine feine Sache sein, aber nicht für einen Dickdenker wie mich. Mit dem Volkskörper verhielt es sich nämlich folgendermaßen: Die Zehen durften abfrieren, das Gehirn aber mußte leben!

Kurzentschlossen kletterte Scharping auf das gemopste Rad und setzte sich in Windeseile nach Brandenburg ab.

Vor dem Zorn Allahs, der vom Himmel regnete, liefen selbst die nekrophilen Taliban davon. Sie hatten Tomayers Fluchttunnel gefunden und drängten nun in hellen Scharen ins „Kö-Pi". Leider war niemand zum Umbringen da. Frustriert zerschossen die radikalen Sprudelfreunde alle Spirituosen und wälzten sich vor Freude quiekend in den Scherben. Dann schwärmten sie aus. Also, schön war das nicht!

Hamburg lag in Blut und Asche. Die Taliban fühlten sich

wie zuhause. Nur ein verzweifeltes Hanseatenhäuflein leistete dem Feind noch Widerstand. Helmut Schmidt hatte sich den Titel eines Deichgrafen verliehen und befehligte zu Pferde eine Schwadron *Zeit*-Redakteure. Als Kugelfang hatte er sich Justus Frantz vor den Bauch geschnallt. Die Lage war so herzerfrischend aussichtslos wie zu Schmidts besten Zeiten als Hitlerleutnant an der Ostfront. Ergriffen verteilte er Harakiripillen an seine Leute. „Nehmt die ein! Aber erst, wenn der Iwan da ist!"

Die Taliban hatten Schmidts Geschnauze gehört und kreisten ihn ein.

„Wagenburg bilden! Grabt euch ein! Die Heimatscholle wird euch schützen!" log der Freizeitpianist und ging mit gutem Beispiel voran. Justus Frantz bekam keine Luft mehr. „Da mußt du jetzt durch, Justus", sagte Schmidt mitleidlos und stärkte sich mit einer Prise Schnupftabak. „So steht es geschrieben in der Charta der Menschenpflichten."

„Hooka hey!" skandierten die Taliban, machten Hackfleisch und Labskaus aus dem letzten Aufgebot der Pfeffersäcke und wurden, als sie sich vor lauter Mordsvergnügen kugelten, von einer türkischen Soßenrakete erwischt. Das war die Rache von Birgen Air für die schleppenden EU-Beitrittsverhandlungen.

Die Kontinente brannten. Nur wenigen Menschen gelang es, ihre Haut zu retten. Doch einer kam durch: Egon Salamander, ein Klempner aus Herne. Er schaffte es bis Berlin. Dort knöpfte er sich Otto Schily vor: „Sie Haderlump! Sie haben mein Leben ruiniert! Wissen Sie eigentlich, wieviele arabische Diplomaten mich als Killer anheuern wollten? Der erste war der hier!“ Salamander warf Schily den Kopf Hodscha Hadschs vor die Füße. „Ich bin ein friedlicher Mann. Aber ich kann es auf den Tod nicht leiden, wenn man mich andauernd bei der Arbeit stört!“

Schily wollte von nichts gewußt haben. „Entschuldigen Sie, Herr Salamander. Deutschland ist im Krieg. Und ich habe wirklich keine Zeit für Ihre Privatscharmützel.“

„Aber du hast mich als Mietmörder in ganz Arabien berühmt gemacht. Dabei bin ich nur ein einfacher Klempnermeister und kann keiner Fliege was zuleide tun!“ Salamander machte Schily einen Knoten in die Zunge. „Damit du nicht mehr lügen kannst. Farewell, my Lovely!“ Dann schnürte er sein Bündel und trottete ins Märkische, zum Weltraumbahnhof.

Es war fünf vor zwölf, und die Einschläge kamen näher. „Dauert's noch lange?" fragte Gisela Güzel ihren rußigen Boß.

„Uns fehlt zum Überlebensglück nur noch ein kleines Muffenstück", rief Hunter und klöterte im Maschinenraum herum. „Dann kann die Reise losgehen. Sind alle an Bord?"

„Hunderte. Der Andrang wird allmählich schwächer. Die meisten haben uns nicht geglaubt. Und viele scheinen richtig gerne Krieg zu spielen. Die wollen gar nicht weg."

„Ich aber schon!" Vincent Klinks fröhliches Gesicht erschien im Lukenrahmen. „Ich hab euch auch was mitgebracht: meine Familie, meine Belegschaft und die Speisekammer der Wielandshöhe, Weinkeller inklusive. Herr Kreis, können Sie ein paar Flaschen öffnen?"

„Mit Vergnügen." Der Sommelier entkorkte den ersten Sancerre und füllte die Meßweinpokale aus der Kombüse.

„Darf ich um ein Fläschlein bitten?" fragte Albrecht Götz von Olenhusen, der viele Freunde und keinen einzigen Kollegen mitgebracht hatte. Auch das Rennquintett Bernstein, Dimpfelmoser, Greser, Lenz und zur Nedden kam jetzt angetrabt. Die fünf hatten einander geschworen, den Erdball nicht nüchtern zu verlassen. Klink winkte sie zum Ehrentisch im Ballsaal der Rakete.

Es war noch immer reichlich Platz. Auch die Insassen des

rasenden Ketzermobils hätten mitfliegen können, wenn sie sich nicht kurz hinter Pritzwalk fürchterlich in die Haare geraten wären. Die alten Strolche Sölle, Drewermann, Richter, Alt und Grass konnten sich nicht auf einen gemeinsamen Weg einigen und rissen sich um das Lenkrad. Sie blieben mit einem Platten liegen. Und wenn sie nicht gestorben sind, dann zanken sie noch heute.

Besser zuwege war der Fahrraddieb Rudolf Scharping, der sich zur Tarnung seinen alten Kandidatenbart angeklebt hatte. Der Schlingel wollte schließlich Fahnenflucht begehen und mußte inkognito bleiben. Erst auf der Zielgeraden passierte ihm ein Malheur. Er überfuhr ein Flüchtlingskind und ging koppheister. Zornentbrannt wollte er dem Kind den Rest geben, doch er hatte sich beide Arme gebrochen. Krummärmelig schleppte er sich zur Archenbasis. „Sanitäter!“ galpte der Kriegsmann und wurde sofort verarztet. Er verlangte einen Logenplatz und ein Laptop. „Aber dalli! Ich muß noch meine Kolumne für die nächste Kriegsausgabe der *Bild*-Zeitung zusammendoktern!“

Man gab ihm, was er wollte, und ließ ihn dann allein.

Um halb eins erreichten auch Volker Hauptvogel und der noch immer bewußtlose Horst Tomayer die Rakete. Zeitgleich taumelte der aus dem abgefackelten Frankfurt entronnene Heinz Coin ins Ziel. „Puuh“, sagte Hauptvogel, legte Tomayer in eine Koje und bat um einen Happen zu essen.

„Drei Gänge braucht der Mann“, erklärte Klink und öffnete eine Tüte Hauptvogelfutter.

Egon Salamander formte das fehlende Muffenstück aus einer Salatschleuder. Der Countdown lief. Kommissar Hunter griff zum Bordmikrofon und hielt eine Ansprache: „Liebe Mitreisende! Wir erleben einen Wendepunkt der Menschheitsgeschichte. Hier unten ist Matthäi am letzten, und da oben ist Terra incognita. In wenigen Sekunden werden wir starten. Fasten your seat belts. E pericoloso sporgersi!"

„Moment, da kommt noch wer!" rief Gisela Güzel und schraubte an ihrem Feldstecher.

Von Westen her näherte sich eine kleine Bollerwagenkarawane. Vorne im Geschirr stand schweißüberströmt Gerd Haffmans. Er wollte auch im Weltall stets in seinen Quittungen aus zwei Jahrzehnten verlegerischer Pionierarbeit baden können. „Ihr sollt kein Raub der Flammen werden, meine lieben Bewirtungsbelege", seufzte Haffmans und legte noch einen Zahn zu.

„Beeilen Sie sich!" rief Kommissar Hunter durch ein provisorisches Megaphon, das Egon Salamander holterdipolter aus einer Bierdose geschneidert hatte. „Die Triebwerke sind schon ganz warm! Wir müssen starten! Es ist Krieg! Nehmen Sie die Beine unter den Arm und vergessen Sie Ihr Gepäck!"

„Können vor Lachen!" jammerte Haffmans mit blutigem Schaum auf den Lippen. „Das ist mein Leben! Quittungen für die Menschen von Emden bis Zittau! Ohne die will ich nicht sterben!" Er malochte wie ein Ackergaul, um seine Bollerwagen ins Ziel zu bringen.

Auf den letzten hundert Metern wurde er von Ernst Kahl überholt. „Lassen Sie doch den Ballast liegen", maunzte der Maler. „Das letzte Hemd hat keine Taschen!"

„Deins vielleicht nicht, du Niete!" Haffmans zerkaute ein Dextro-Energen und mobilisierte die letzten Kräfte. Doch sie reichten nicht weit.

Gisela Güzel entriß Kommissar Hunter die Flüstertüte und versuchte, dem Kleinverleger auf die Sprünge zu helfen. „Kommen Sie bitte an Bord! Die Menschheit braucht Bösewichter wie Sie! Sonst wird das Leben zu langweilig! Geben Sie Ihrem Herzen einen Stoß und lassen Sie die Quittungen Quittungen sein!"

Mit einer Rolle rückwärts in den flüchtigen Handstand beförderte sich Ernst Kahl an Bord. Es war aber auch höchste Zeit, denn Manfred Kanther hatte Feuer an die Lunten seiner letzten Kernwaffen gelegt. Diesmal wollte er die sächsische Schweiz dem Erdboden gleichmachen, zielte aber wieder zu ungenau.

Haffmans liebkoste seine Bollerwagen.

„Manchen ist nicht zu helfen", sagte Kommissar Hunter und verriegelte die Rakete. „Jetzt wird gestartet. Basta."

PAPATOT
ALMOBIL
Salve

Dreimal umrundete das Papatotalmobil die Erde, bevor es in die schillernden Tiefen des Kosmos vorstieß. Draußen ging die Welt in Fetzen. Manfred Kanther, das war durchs Bullauge gut zu erkennen, hatte Pech gehabt. Er war in eine alte Elefantenfalle gefallen und sah zu seinem Entsetzen noch einmal sein ganzes verzwiebeltes Leben an seinem inneren Auge vorbeistreichen: Schultüte, Bundestag, Sensenmann. Auch in Arabien rappelte es im Karton. Massen von Muslimen zeterten Mordio: „Die Augen blau vom Raufen, die Nase rot vom Saufen, die Haare weiß vom Huren, das sind die schönsten Suren!" Sie zerfleischten einander, daß es eine Art hatte. Aber am schlimmsten war es im Vorgarten der Villa Hammerschmidt. Johannes Rau, vom atomaren Fallout in den Priapismus getrieben, machte sich verzweifelt über frische Gartenzwerge her.

„Das wollen wir nicht sehen", sagte Gisela Güzel und zog die Vorhänge zu. „Laßt uns lieber was spielen."

„Auja!" rief Vincent Klink. „Zigeunerschnitzeljagd!"

„Und Stopp-Essen!" schrie F.W. Bernstein und leckte seinen Teller ab.

So wurde es gemacht. Die Passagiere waren außer Rand und Band und spielten selbstvergessen Räuber und Schandi, Eierlauf und Verstecken. Achim Greser zählte ab: „Hinter einer Lokusmauer saß der Doktor Adenauer, hatte kein Papier – raus mit dir!"

Heinz Coin mußte suchen. Er hielt sich die Augen zu und sagte sein Verslein auf: „Buck, buck, buck, buck, Eckstein, alles muß versteckt sein, hinter mir und vorder mir, da gildet nicht, ich komme!"

Heribert Lenz machte sich ganz klein und zwängte sich mit einer Kiste Bier in die Wäscheschleuder. Bernstein, der unverbesserliche Hooligan, stellte die Schleuder an und delektierte sich an den Unmutsäußerungen, die aus der Trommel ertönten. Es war aber nur Spaß.

Den konnte einer der Fluggäste ganz und gar nicht vertragen. Mitten im schönsten Getümmel nöckelte die dünne Stimme Rudolf Scharpings dazwischen: „Euch geht's wohl zu gut! Auf der Erde sterben deutsche Truppen, und ihr benehmt euch wie die Botokuden! Wenn ihr nicht sofort Ruhe gebt, laß ich euch alle über die Planke wandern!"

Nach einem peinlichen Moment der Stille krabbelte Kommissar Hunter aus seinem Versteck in der Vorratskammer. Ein Wurstzipfel schaute noch aus seinem Mund hervor. „Na hören Sie mal, Sie Giftnickel", sagte Hunter kauend, „wir haben hier so schön gespielt! Und dann kommen Sie und machen uns alles kaputt! Wer sind Sie überhaupt?"

Der Spielverderber ließ die Maske fallen. „Wer ich bin?" Er wackelte mit den Ohren. „Ich bin der deutsche Verteidigungsminister! Und so, wie die Dinge liegen, bin ich jetzt wohl auch der Bundeskanzler! Mit sofortiger Wirkung übernehme ich hier das Kommando! Alle Mann antreten zum Bodenbohnern! Und wer muckst, kommt in den Stehkarzer!"

Wenn Kommissar Hunter irgendetwas hassen gelernt hatte im Laufe seines langen Lebens, dann waren es Sadisten im Überbau. Wie dieser Pappkopf hier. Hunter brauchte drei Sekunden, um Scharping zur Schnecke machen. Zapf! Platsch! Kaduff!

Der Minister fing an zu heulen. Es war gräßlich. Eine komplette Lebensbeichte in Moll quoll aus ihm heraus und tropfte Hunter vor die Füße: „Ich bin sowas von mies, mieser geht's nicht! Schon im Kindergarten hab ich alle immer verpetzt! Meine eigenen Kinder hassen mich, und ich kann sie nur zu gut verstehen. Ach, Herr Kommissar, ich bin so schlecht – erst gestern hab ich noch ein Fahrrad gestohlen!"

„Wo?" Horst Tomayer war dunkelrot und hellhörig geworden.

„In Berlin. In der Wartburgstraße."

Ein Vulkan schickte sich an, Feuer und Vernichtung auszuspeien. „Du Salzlettenmalmer! Wo hast du mein Rad gelassen? Sprich!"

Scharping grinste bübisch. „Das ist hin. Total im Eimer. Kannste knicken, Kumpel."

Tomayers Augen funkelten. Er zeigte mit dem Finger auf den Missetäter und plädierte auf schuldig: „Hat er mit seinem Arsch den sakrosankten Sattel nicht geschändet? So sei er nicht um Arm und Bein verhackstückt nur und auch nicht bloß geblendet. Man pfähle ihn, man treib des Rahmens Leichtmetallgestänge dem Fahrraddieb nach Art Vlad Tepechs in den After und der Därme Wendeltreppengänge, bis das es dem Gestänge vor des Fahrraddiebes Innereien graut und es erleichtert aus dem Maul des Fahrraddiebes schaut. Und da ist keiner, Raddieb, der für dich um Gnade fleht, und es begleitet dich ins Nichts die letzte Ölung nicht noch ein Gebet!"

Scharping checkte die Lage. Wo war das Schlupfloch? Bestimmt nicht vor seiner Nase, wo Tomayer bebte, eine weißglühende Flamme unverfälschter Rachsucht. War da eine gewisse Feindseligkeit zu spüren? Der Minister machte einen Köpper in sein Innenleben. „Hoppla, schwarzes Loch!" dachte er noch und kehrte nie wieder zurück.

Tomayer fühlte sich düpiert. „Was hätte ich dem Kerl nicht noch alles zuleide tun können! Naja, weg ist weg." Mit mildem Bedauern öffnete er ein Helles und riß die Vorhänge auseinander. Dekorative Spiralnebel und Asteroiden flutschten am Fenster vorbei. „Himmelherrgottsakrament", stöhnte Tomayer, „ist das nicht schöner, als die Polizei erlaubt?"

„Nein", sagte Kommissar Hunter weise. „Ich drücke heute mal ein Auge zu."

Auf einem Planeten im Sternbild Bärenhüter standen Jakob Moneta und der liebe Gott am Tresen einer Destille, tranken Florida Boy Orange und drehten Däumchen.

„Was für ein Tag", sagte Gott. „Nur Chaos, Kraut und Rüben! Schon beim Frühstück hat mich mein Filius mit Gleichnissen vollgemetert ..."

„Jesus, Schnesus", versetzte Moneta sinnend. „Man steckt nicht drin."

„Das kannst du aber laut sagen. Und dann das Gejammer darüber, was du ihm damals in der Wüste alles versprochen hast. Jetzt tut ihm seine Frömmelei natürlich leid. Und ich muß mir das anhören. Seit fast zweitausend Jahren. Jeden Tag, den ich werden lasse. Manchmal frag ich mich, für wen ich das eigentlich tue."

Schweigend sippten die Freunde an ihren Gläsern. Der Erzengel am Klavier spielte ein Spiritual von Johnny Cash: „Jesus, Jesus, my love wasn't true, now all I have is you ..."

„Jaja, den einen oder anderen Hering kann mein Sohn noch von der Roste ziehen", knotterte Gott. „Aber mir geht er allmählich auf die Kette. Und dann noch die Laufkundschaft! Wie soll ich denn auf einen Schlag die ganze

Menschheit bei mir einquartieren? Hast du nicht noch ein bißchen Platz bei dir da unten, Jakob?“

Moneta zog die Augenbrauen hoch. „Für wen? Für deine Lämmchen? Besten Dank. Mein Boot ist voll. Ich will nachher mit Dino, Bob und Frank die Höllenhunde wecken. Und die Unterwelt austrinken.“

„Du hast's gut! Kannst du mir nicht wenigstens Leni Riefenstahl abnehmen? Die Perle nervt total. Ich hab sie an die Luft gesetzt, und jetzt will sie sich in den Himmel reinklagen. Ein ganzes Rudel Anwälte stiehlt mir die Zeit. Ich muß alles selber machen. Den Olenhusen kann ich mir nicht mehr leisten.“

„Schick die Riefenstahl doch nach Walhall, direkt in den braunen Schmodder. Das ist genau ihre Kragenweite.“

Gott trank aus. „Wenn ich dich nicht hätte, Jakob! Du bist meine bessere Hälfte!“ Er gab Moneta einen Zungenkuß, ließ einen Orbit-Dollar auf dem Tresen liegen und hinkte zum Bus.

Wiglaf Droste

Begrabt mein Hirn an der Biegung des Flusses

Seine Sprache ist berühmt, ihre Wirkung berüchtigt, und *Begrabt mein Hirn …* ein Paradebeispiel für die Klasse von Wiglaf Drostes Polemiken. »Gnadenlos sezierend und liebenswürdig bösartig.« (Elio Pellin, Berner Tagwacht)
Broschiert, 128 Seiten, mit Zeichnungen von Rattelschneck, ISBN 3-89401-278-1

Sieger sehen anders aus

»Kabarettreif und respektlos. Mit dem Slang der alternativen Szene und mit viel, viel Sprachgefühl. Die Pointen sitzen.« (Markus Mayer, Bayerischer Rundfunk)
Broschiert, 128 Seiten, mit Zeichnungen von Rattelschneck, ISBN 3-89401-232-3

Sammelband: Kommunikaze / Mein Kampf, dein Kampf / Am Arsch die Räuber

Die ersten drei Würfe von Wiglaf Droste im Boxring der Literatur: Treffsicher gezielte Seitenhiebe in die Zwerchfellgegend!
Broschiert, 288 Seiten, mit Zeichnungen von F. W. Bernstein und Rattelschneck, ISBN 3-89401-296-X

Beweglich im Büchermeer

verlegt bei Edition Nautilus

Bitte Gesamtkatalog anfordern: Alte Holstenstr. 22 / 21031 Hamburg
Oder besuchen Sie uns im Internet: www.edition-nautilus.de

DON DELILLO

»Ein Jahrhundertwerk, nicht mehr.
Und vor allem nicht weniger.«
Die Zeit

»*Unterwelt* ist ein grandioser Wurf!«
Der Spiegel

44074

GOLDMANN

HELEN FIELDING

»Hinreißend! Was für ein herrlicher, unglaublich witziger Roman! Man wischt sich die Lachtränen aus den Augen!«
The Sunday Times

44392

GOLDMANN

GOLDMANN

Das Gesamtverzeichnis aller lieferbaren Titel erhalten Sie
im Buchhandel oder direkt beim Verlag.
Nähere Informationen über unser Programm erhalten Sie auch im Internet unter:
www.goldmann-verlag.de

★

Taschenbuch-Bestseller zu Taschenbuchpreisen
– Monat für Monat interessante und fesselnde Titel –

★

Literatur deutschsprachiger und internationaler Autoren

★

Unterhaltung, Kriminalromane, Thriller
und Historische Romane

★

Aktuelle Sachbücher, Ratgeber, Handbücher und
Nachschlagewerke

★

Bücher zu Politik, Gesellschaft, Naturwissenschaft und Umwelt

★

Das Neueste aus den Bereichen
Esoterik, Persönliches Wachstum und Ganzheitliches Heilen

★

Klassiker mit Anmerkungen, Anthologien und Lesebücher

★

Kalender und Popbiographien

★

Die ganze Welt des Taschenbuchs

★

Goldmann Verlag • Neumarkter Str. 18 • 81673 München

Bitte senden Sie mir das neue kostenlose Gesamtverzeichnis

Name: ______________________________

Straße: ______________________________

PLZ / Ort: ______________________________